Du Chagrin

Emmanuel Tugny

2020

Préface

Hommelette

« Je veux », dit Zinaïda ; et encore « Je », « je » et « je ». Rien pourtant qui ne lui soit plus étranger que de s'imposer au monde, que d'excéder sa place, que de laisser sa trace : comment l'envisagerait-elle ? Elle qui s'épuise à appréhender un au-delà d'elle toujours refusé, comme cette appréhension même qui toujours lui échappe ?

Du Chagrin dit l'enfermement. Celui du mari interné, de sa femme et de sa fille proscrites, certes. Mais, plus sûrement, l'enfermement toujours, là où s'ouvrent des espaces, des possibles, des trouées. L'enfermement dans un système mental qui se fait mieux fermé à mesure qu'il se précise, dans une faute qui pèse d'autant plus qu'on se refuse à la considérer, dans une solitude qu'exacerbe la maternité comme la présence de tiers – ivres, mutiques, par principe fuyants et bornés.

Du Chagrin dit l'effort. Zinaïda Shadrina, révolutionnaire déçue, est tout entière tendue vers le vrai, le juste, l'explication. Mais surtout : vers l'autre, qu'elle ignore. A commencer par le destinataire de son long monologue, lettres qui resteront sans réponse, qui pages après pages s'en passent mieux. L'aimé, on n'en demande guère de nouvelles, qu'on n'aurait pas – on se refuse à l'imaginer, et – comment l'aime-t-on, déjà ? Est-ce que c'est juste, est-ce la forme juste de ce que peut-être il n'appellerait pas amour ? il faut, parlant d'amour à l'aimé, imaginer ses réticences, ses réserves – mais c'est peut-être pure maïeutique, l'enjeu est d'aboutir à la juste définition de l'amour tel qu'il doit être, et partant de trouver la paix – seule.

Que les barreaux de sa prison soient les troncs du bois de bouleaux, que son communisme exclue ses réputés frères, et l'en fasse exclure – que sa geôle soit l'élan même qui la porte lettre après lettre vers l'aimé dont la forme s'exténue, l'aimé que ses mots à chaque phrase condamnent davantage – qu'y peut-elle, qui ne cherche qu'à dire plus juste ?

Du Chagrin dit l'effort précisément de bien dire, d'avoir dit clair, parce que bien dire c'est penser clair, mais pas seulement – c'est se hausser, tendue toujours, à la hauteur de l'époux sacrifié, c'est être la bonne épouse, celle qui s'exprime posément, refuse le trouble – il n'est rien qui vaille, en regard de l'effort lui-même. Une telle exigence, pour candide qu'elle soit, n'en est pas moins mortifère ; il est beaucoup question d'os, l'essentiel bien rigide sous la peau trop souple – d'os, ce qui reste quand il est trop tard. Le sacrifice est beau, l'héroïne ne l'ignore pas, quand on se brûle à l'autel d'une cause… Mais quelle cause exige tant d'elle ?

Une image récurrente ponctue ce monologue raisonnable et tragique : c'est celle de l'œuf. Et l'œuf est Zinaïda. Venant du dedans buter contre ses parois concaves, le raisonnement le plus affuté fléchit ; la coquille, pour fine qu'elle soit, et douce, n'en est pas moins infranchissable. Zinaïda, quoiqu'elle en ait, reste enfermée en Zinaïda – jusqu'au bris.

Miracle alors d'un texte qui réussit, fructueux paradoxe, à nous faire partager l'échec du partage, à enraciner en nous ces propos hors sol, et à faire, de cette âme lointaine, notre prochaine.

Pascale Privey

Du Chagrin

« Elle entrait pleinement dans la relation directe et incessante, dans une sorte d'identification avec l'Infini, par une absorption, au-delà de toute idée et de tout mot humain, où s'engloutissait son cœur. Toute morte à ce qui est le moi pensant et actif d'une personne, sa sensitivité suspendue par une étonnante et miraculeuse paralysie, une véritable catalepsie sainte, – elle semblait s'envoler, se transporter plus haut qu'ici-bas, en un lieu céleste où, avec ses yeux de la terre, la femme voyait Jésus élargir, autour de sa tête pressée contre la sienne, sa déchirante couronne, approchant d'elle et lui faisant partager la moitié de ses épines et de ses clous ! »

Edmond et Jules Goncourt,
Madame Gervaisais, CXIV

« Oh, les sages ! Ils sont disposés peut-être à se réconcilier avec la révolution, pourvu qu'il n'y ait pas de « situation exceptionnellement complexe » ».

Lénine,
Revue *Prosvéchtchénié*,
n° 1-2, octobre 1917

Pour Albette.
« L'amour n'est pas un miracle, Carlo, c'est un art, un métier, un exercice de l'esprit et des sens comme un autre. Comme de jouer d'un instrument, danser, fabriquer une table. »

Goliarda Sapienza,
L'Art de la joie

Mars 1921

Ce sont les poux, m'entendez-vous, Shadrin ? Ce sont les poux qui vous épuisent, qui ont raison de votre force avec la toux. J'aurai peine à vous croire hors de forme morale. Vous n'êtes pas de ceux-là, dites-moi, vous ?

Nous avons fait l'expérience des poux, nous aussi. La petite s'en plaint beaucoup, l'appartement en est infesté. Vous savez comme elle rechigne à se plaindre et cependant, elle se plaint des poux. Et, par-delà ses plaintes ou du dessous, je vois bien qu'elle est fatiguée, elle aussi. Je ne connais rien de cette engeance-là mais je sais qu'elle vient à bout de tout et qu'on fatigue aussi à s'en plaindre. Aussi, voyez-vous bien, ce ne sont que les poux, Shadrin, et il m'importe beaucoup que vous teniez bon.

Mars 1921.

Vous m'écrivez que le lever vous est douloureux, au bout de mauvais rêves. Je puis le comprendre : ce que vous traversez sans y être pour rien n'est pas rose et l'on regimberait pour moins que ça à se lever !

Vous racontez les coups mais ne trouvez-vous pas de consolation auprès de ceux qui partagent votre sort ?

Ne sont-ils pas faits d'une même pâte d'homme ? Et de celui qui frappe, n'avez-vous pas bien pitié, de cette pitié qui console ?

Il vous faudra évidemment bien du courage mais ce printemps passera comme a passé l'hiver.

J'ai beaucoup écrit, beaucoup écrit à tous. Je ne doute pas que l'intercession du commissaire fera son chemin. Vous serez libéré puisqu'en somme rien ne peut vous être imputé !

Dans l'attente, écrivez-moi plus car je n'ai reçu en tout et pour tout qu'une lettre de vous.

Dites-moi par exemple que rien n'a su altérer en vous ce goût de la farine dans quoi sont pétris les hommes, que vous y voyez jusqu'à la matière de ceux qui vous retiennent ; oui, dites-moi, de ceux qui vous retiennent, que vous les aimez et que vous les plaignez jusque dans ce martyre qui ne durera pas !

Avez-vous vu de la nature ? Jusqu'où vous est-il autorisé de pousser vos promenades ?

Mars 1921.

Nous avons reçu Zolem, ce midi, il aime toujours en tout point ce que vous aimez ; il l'aime tout bonnement et sans façon et, moi, j'y trouve tel réconfort. Nous avons eu votre soupe et nous nous sommes dit combien nous vous attendions. Il a promis d'intercéder à son tour quand il rentrerait de tournée. Il semble que les choses aillent en faveur des nôtres, au bureau, et que les duretés de la saison assouplissent la ligne.

Ils sont innombrables à mourir à l'ouest pour que nous ayons enfin ce qu'il nous faut de vie.

Zolem est très amusant pour la petite : il anime toute chose et alors, vous avez des scènes très coquettes !

Mais j'ai reçu de vous ce mot qui m'inquiète : êtes-vous passé au décrassage ? N'imputez la substance qui vous manque qu'aux poux.

La toux est une faiblesse qui ne porte pas en soi ses causes : n'en croyez rien. On tousse toujours depuis quelque chose qui est bien loin de cet effet-là de la toux !

Vous dites que les coups ont cessé et cela me semble annoncer votre retour prochain. Il n'y a rien à dire, vous ne dites rien, c'est cruel mais c'est dans l'ordre.

Il ne me semble pas douteux que le commissaire ait fait le nécessaire. Zolem s'en assurera de retour de tournée.

L'on dit ici que l'administration nous a rudoyés par prudence. Vous savez de l'administration qu'elle a l'art de donner l'apparence de l'impassibilité, vous savez aussi qu'on n'est impassible que « sous » des convulsions qui apprennent, qui saisissent. Il faut bien sûr savoir saisir les gens. Mais j'ai très confiance, l'ordre reviendra : vous ne sauriez demeurer très longtemps où vous êtes.

Au reste, où êtes-vous ? J'imagine que vous l'ignorez vous-même… Qu'à cela ne tienne, je suis heureuse que les coups aient cessé et que le travail ne vous fatigue pas autant que les poux. Un poison en aura raison et vous irez bien mieux. Ces animaux corrompent le sang, allez savoir comment, quand le sang est si profond !

Mars 1921.

Zolem nous écrit de Tomsk où de petits groupes blancs ont fait des communes, pensez-vous : on y trouve du Polonais, de l'Allemand, du Turc, tout ce qu'on voudra ! Plût au ciel qu'on n'y vît pas de Chinois !

Je juge notre sort bien cruel, Shadrin, je ne pense pas que nous méritions d'être tenus si loin l'un de l'autre et que la petite pleure votre absence. Mais aussi, comment douter de ce qui avance vers nous ? Comment douter de ce que les vieilles forces ne soient de retour, qui nous ont départi le pain des siècles en forcenés, en enfants fous ?

Je sais que Zolem répugne à mener le combat, je sais qu'il ne lui est rien de plus cher que ses livres, son théâtre, ce qu'il appelle des « réflexions ». Son sacrifice, c'est au fond le vôtre, c'est le nôtre : il semble que nous soyons un peu ennemis pour la forme, il semble que le sort nous oppose pour rire, lui sur ses chemins avec la révolution, vous son captif. Mais c'est une apparence, une fâcheuse apparence : c'est tout à fait comme si la création lisait un conte en aveugle. Car nous sommes bien frères et nous servons la même grande fraternité, celle de la nature, celle de l'homme naturel : cela ne manquera pas de vous vouloir libre car la création n'est pas longtemps aveugle à son conte : le créé frappe à sa porte et l'histoire recouvre raison. C'est écrit comme la vie, Shadrin : vous serez libéré. Vous avez peut-être été un peu vite en besogne, peut-être étiez-vous Zolem avant Zolem, peut-être aviez-vous en l'idée, comme il marchait, le terme de son pas, de sa course, de son geste, de son crime mille fois juste.

Alors, c'est voir qui vous confine. L'Histoire aura raison.

Mars 1921.

Il faut bien des efforts pour trouver de quoi tenir bon. Il y faut plus qu'une espérance parce que le corps à qui manque ce qui lui est donné voit un refus où il n'y a qu'absence.

Rien n'est refusé, Shadrin, aux gens. C'est l'abondance qui manque, ici, celle qui vous manque au diable où vous êtes.

Nous n'avons pas reçu de lettre cette semaine ou bien ne l'a-t-on pas apportée car les bureaux sont souvent fermés. Nous perdons beaucoup de temps après le pain, les os pour le bouillon.

Le bois manque aussi, désormais, et comme la saison ne se termine pas, j'écris sous la laine que vous savez.

La toux de la petite a cessé : cette enfant vous ressemble en ceci qu'elle est toujours comme un effet tranché de causes qu'on comprenne ! Il suffit qu'une cause advienne pour qu'elle soit l'effet non pas contraire, ce qui donnerait à entendre, mais étranger...

Le froid est terrible, la saison traîne, j'écris beaucoup sur la vie.

Et plus le froid traîne et plus j'écris, et plus j'écris, plus la petite est tranquille et rose.

La reproduction butée de l'ouvrage, c'est la bonace des enfants qui ne connaissent du monde paisible que cette paix-là du domestique.

Je lui donne la leçon. Nous avons vu nombre de choses élémentaires de la nature qui me renvoient à vous, qui y êtes encagé... je comprends de votre silence qu'il y a sans doute de quoi perdre la tête à voir dans ce qui est sans limite la portée exigeante de tout le jour, dans la création une chapelle, dans l'abandon de tout ordre l'objurgation qui pèse.

Il me pèse, à moi, de vous imaginer rompant le pain amer dans une nature que vous n'aimeriez plus.

Le temps que la raison revienne au monde, peut-être que vous n'aimerez plus la nature mais combien vous sera doux le retour de toute chose en soi !

C'est sans doute ce que nous avons appelé « révolution », au bout des choses : le retour universel d'une signification des choses.

Nous ne savions plus, Shadrin, ce qu'est au juste un homme, ce qu'est un paysage : nous nous sommes tous croisés en aveugles, nous avons reconnu un ordre, nous avons voulu que Dieu fît justice du sens de toutes les choses : nous avons aimé jusqu'aux tiques, aux poux, au bourgeois, au maître de fabrique qui est toujours un vilain bon dieu ; nous avons aimé jusqu'à la méchante soupe que nous concédait l'ordre, nous avons tiré d'une faiblesse une force, à reconnaître en tout, dans un renversement, « notre monde ». Nous avons tiré une forme de paix de cette déréliction soudaine de « l'autre sens » de tout.

C'est la raison, c'est le chemin : les choses prennent sens, nous en sommes au réveil : vous voyez la nature et je vois la ville. Elles font les belles, elles se distinguent, je vous promets qu'elles ne manqueront pas, le jour prochain venu, de prendre sens.

Il faut à l'aveugle beaucoup de sollicitation du dehors pour que la lumière lui soit rendue : n'est-ce pas ce que nous nommons le jour ?

Je recevrai demain le courrier de la semaine. Dites-moi que vos fatigues s'estompent. Si vous n'écrivez pas, je saurai que la poste va comme va la saison.

Mars 1921.

Vous verrez, mon amour, que nous aurons bientôt donné un sens bien plus pur aux choses.

Je voudrais que la petite aussi vous écrivît mais elle est à ses affaires et dites-moi le moyen de lui faire entendre que si vous n'êtes plus parmi nous, c'est parce que vous l'avez décidé comme « à travers d'autres ».

Cette idée que nous ne nous déterminions que d'après les autres est congéniale à l'enfance.

Je lui demanderai de vous dessiner quelque chose, quelque chose d'ici. Votre fauteuil, par exemple, ou le bureau.

Je pense souvent à cette allégorie de l'œuf que nous partagions aux beaux jours.

Vous me pardonnerez de prendre le temps nécessaire à ce que me pensées s'assemblent. Vous me connaissez un peu lente d'esprit. Il me faut toujours prendre le temps. C'est ainsi. Je me souviens combien « engager l'action », comme vous disiez, est aisé pour vous, combien cela m'est difficile, à moi, quand toutefois l'action est de la pensée résolue dans le temps.

Je veux vraiment que le temps de la séparation me convainque de penser droit sinon de penser juste.

Je vous promets d'y revenir. J'ai l'image, il me faut maintenant en décliner les conséquences et lire un peu.

Mais mon amour, je vous en prie, trouvez le moyen de nous écrire davantage, quoi que vous viviez où vous vous trouvez.

On parle beaucoup en ville de monastères à l'est mais ce qu'on dit des choses n'y ajoute rien : vous me l'avez enseigné.

Avril 1921.

J'ai beaucoup pensé ces derniers jours à ce rêve (vous ai-je dit que c'était d'un rêve que m'était venu le souvenir de notre affaire d'œuf ?), à ce rêve de l'œuf.

Je me souviens combien cette image-là de l'œuf vous était chère et je garde en tête tout ce que vous m'en avez dit.

Oui, Shadrin, le monde sensible est ce que je sens.

Plus exactement, il est ce que je sens à travers les parois du cloître de peau que la nature m'a donné comme elle vous l'a donné, comme elle l'a donné à la petite et à toute la nation du monde vivant.

Comme tous les hommes du monde, je sens à travers la timidité fragile de mon corps où ma conscience souffle, s'agite, fait des bonds, murmure en énergumène puis s'apaise lorsque je pense à vous et à ce que nous avions coutume de faire ensemble dans le cours de la vie.

Je sens le monde, toute la force du monde tourmenté, à travers une condition qui est fragile et dont la force, cependant, est de m'y confiner comme un objet du monde.

Je suis un objet du monde où le monde est peut-être tout entier mais dans la position du confinement, de l'exception d'une condition.

Je reçois tout dans tout mais je le reçois comme objet, c'est-à-dire ainsi qu'une partition du monde dont je pressens qu'il est immense et relègue mon confinement à une finitude qui me rassure autant que sa fragilité m'inquiète ou m'indispose comme le frôlement d'un voile.

Car qu'en serait-il de moi si je ne sentais pas, si je ne sentais pas pour penser, depuis cette petite maison fragile, depuis ce petit foyer fragile qui fait de moi un objet entre tous les objets ?

Je sens bien que je voisine d'autres confinements, que je suis l'œuf entre les œufs, me comprenez-vous ?

Je sens bien que c'est comme objet distinct de ce qu'il n'est pas que je vois toute chose et je sens bien que je ne vois que comme objet et que ma vue est chose fragile…

Et si je n'étais pas confinement dans la ténuité de ma limite cousue dans le monde ?

Si je ne l'étais plus, seulement ?

Vous m'avez souvent dit que la condition d'homme était pressentiment mais je ne sais au juste de quoi…

À la fois je voudrais que se rompît mon objet, mon objection à tout et qu'il ne se rompît pas, qu'il ne cédât jamais….

Il y a que je ne voudrais pas voir ce qui est sans demeurer un objet aux yeux de ce qui le demeure…

Je voudrais que la vue fût en partage, soudain, d'un coup, dans un éblouissement d'apocalypse, qu'elle fût commune et soudaine comme une catastrophe…

Et puis je ne voudrais pas que nous fussions tous hors de nous, c'est en cela que je voudrais que vous fussiez ici et que vous fussiez ma confiance…

Oui, je vous comprends, Shadrin, nous sommes un pressentiment. Moi, je le suis, c'est bien certain.

Je sais qu'une limite fragile et belle me garde des choses du monde et m'en fait le modèle et l'épreuve…

Je sais que je suis l'épreuve du monde et son pressentiment…

Vous conviendrait-il que je vous disse ici ce que je pressens ?

Je pressens qu'il est un règne, par exemple, où toutes les cellules ne s'équivalent pas.

Cela vous rassurerait, sans doute : la fraternité qui est la vôtre doit éprouver bien du chagrin à savoir que nos geôles ne sont pas les mêmes quand je les envisage en pensée…

Vous pressentiez quelque chose, vous aussi, peut-être, lorsque vous faisiez de la condition des hommes la forme d'une captivité et d'un pressentiment…

J'ai toujours eu confiance en cette idée de l'éblouissement à venir dont vous me parliez (c'est le cas de le dire) avec feu… j'ai eu confiance en cet événement nécessaire parce qu'il émanait de vous comme une force, qu'il émanait de vous comme la certitude frondeuse d'un cloisonnement qui vit à son dehors. Vous étiez un rayonnement mais aussi, ne rayonne-t-on pas toujours depuis un point physique, depuis un clos de corps, depuis une source physique ?

C'est à cette contradiction lumineuse que je pense en vous écrivant : vous avez la certitude d'un éblouissement, la limite fragile de l'œuf abolie ; mieux : vous y êtes ! Mais cet éblouissement, qu'aveuglera-t-il si je ne suis plus le regard aveuglé, la limite du regard aveuglé ?

Je poursuivrai ma réflexion dans la lettre qui vient.

Il est bien difficile de ne pas être campé comme un objet bien dur, bien objet, bien forme du monde, par les temps que nous vivons : tout y est heurt, tout y est rebond.

Il faut par exemple jouer des coudes pour le pain. Je marche longtemps, j'attends toujours.

Mais vous serez content d'apprendre que la toux de Mouche s'est tue. Dites que la vôtre aussi.

Je veux aujourd'hui trouver le moyen de m'assurer que si je vous écris, vous recevez ce que j'écris.

On dit les choses les plus diverses sur ce qui vous attendait là-bas. On parle de monastères de l'est dont je sais qu'ils sont infestés de cette vermine qui épuise le sang. Et puis il y a que je veux recevoir l'assurance de ce que la marche des jours, avec les coups, ne vous ôte pas cette certitude d'un corps et d'une voix que j'aime et qui, s'ils viennent à me manquer en pensée, me disposent au pire, c'est-à-dire à une tristesse sans objet que je juge et très femme et très indigne de notre pacte d'action dans le monde.

Nous nous sommes élevés, Shadrin, et je suis une élève à qui doit être rappelée sans cesse cette abjection de l'abandon à soi que vous lui enseigniez toujours.

Avril 1921.

Au terme d'heures debout, j'ai obtenu du commissaire la garantie que vous receviez ce que je vous écris et dont j'espère qu'il ne soumet pas trop votre temps à la mesure du mien…

Je pense beaucoup à vous, je vous pense, je pense beaucoup… peut-être cela vous épuise-t-il, comment le savoir sans vous lire ?

Je suis toujours cet œuf qui pressent, qui suppose, qui échafaude. Je vous vois depuis le poids d'un voile terrible mais je vous vois. Je vous sens ou je vous pressens, oui.

Nous irons à la campagne demain, une voiture passe nous prendre. Nous serons deux familles. Les arbres, enfin, nos si bons arbres, le pays !

L'appartement des Korovine est vide depuis des semaines, il est livré aux punaises : c'est une gêne pour nous deux et cela nous donne à penser. Vous ne me reprocherez pas de prendre le temps nécessaire à vous dire en quoi plus tard. À demain, mon professeur en tout.

Avril 1921.

Je ne saurais vous dire combien Mouche était excitée à l'idée que nous prissions la route.

J'ai eu le plus grand mal à lui faire rassembler les quelques affaires pour la journée. Les enfants sont des créatures très singulières : à mesure que croît en leur esprit l'idée d'une destination, y croît aussi la nécessité qu'elle s'égaille en mille idées attenantes qui, à la fois, la préfacent et la transposent en mille tâches qui l'embarrassent.

Je crois que l'idée que quelque chose est dans le temps prochain à quoi le temps présent doit subvenir, se subordonner, pour qu'il y ait au monde du temps qui file, est au fond une idée d'adulte.

Tout ce qui va advenir est dans le temps présent pour l'enfant, il en porte la marque et l'exigence. Tout, dans l'esprit de l'enfant, est singe dans le présent de ce qui n'est pas encore lui.

Ce que l'enfant pense de son petit devenir d'enfant semble être là tout entier pour lui, dans chaque geste accompli, dans chaque objet caressé.

Ce qui s'annonce agit à la façon d'une substance dont tous les gestes et tous les objets sont soudain comme miraculeusement imprégnés. Le monde entier de l'enfant est un voyage à l'instant même où un voyage s'annonce.

J'imagine que vous serez un corps présent partout, causant depuis toutes les sources du monde présent de Mouche, quand le jour viendra de notre voyage vers vous.

Pour Mouche, tout est là quand ce qui n'est pas là se signale à l'attention.

C'est une enfant pour qui le temps est étal, pour qui le temps qui vient est tout le temps, vraiment, aussitôt qu'annoncé.

Il a suffi que je lui annonce que nous allions à Uspenka pour que tout dans sa chambre devînt Uspenka : elle rêvasse et son sac n'est pas prêt, elle rêvasse tout à fait comme si elle était déjà à Uspenka. Le temps de Mouche est étal : elle est où elle s'apprête à être.

Et cette joie sensible, cette joie de la vision qui me la rend étrangère, me la rend adorable.

Je lui envie cette présence de ce qui vient partout ; et si je me reproche de la lui envier, c'est que je sais du temps, parce que je suis adulte, qu'il doit savoir demeurer, en l'esprit, ce qui advient…

Le croirez-vous, l'impétuosité, la ferveur sage de Mouche me rappelle que vous êtes parmi nous comme devant, que vous n'êtes pas un horizon, où que vous soyez, qui que vous soyez devenu, à l'épreuve de l'absence.

Nous vous adresserons au retour une sorte de carnet de voyage, Mouche a pris ses couleurs et j'ai mon petit carnet où je consigne ce qu'il convient que je n'omette pas de vous dire.

Nous avons beaucoup aimé la nature, ce que la nature unit de naissances pour toujours dans un grand ensemble qui est celui de l'œuf, bien sûr, qui est celui de la recréation par la conscience confinée ou voilée, qui est un grand ensemble sans doute parce que nous le voulons bien, mais qui est bien cette forme dans quoi l'œuf est objecté, n'est-ce pas ?

Voyez, je deviens Mouche, je suis une enfant pressée : je suis déjà à Uspenka et j'y devine un bon grand soleil qui baigne nos bouleaux, qui nous baigne vous et moi, Shadrin !

Comment se peut-il que ce qui est pour toujours soit aussi plein de tout ce qui est pour toujours ?

Je vous aime : je suis votre enfant folle !

Et nous avons toutes les deux votre chapeau.

Avril 1921.

À Uspenka, rien n'a changé puisque tout y change toujours ; et puis c'est le dégel, et le dégel change tout dans ce qui change toujours.

Comme on prête attention à ses pas sur le chemin du bois vers le petit étang, on les entend s'en aller comme un membre libre devant soi.

On ne les entend pas comme un pas engagé sur le chemin : on les entend prendre leur chemin de pas à quelque distance de soi comme une fuite et faire une ponctuation dans la ponctuation d'autre chose qui, en quelque sorte, les approprie au chemin.

Je ne veux ici vous écrire que ces sensations que vous connaissez puisque ce furent les vôtres. On a d'abord un pas quand on descend de l'auto et puis ce pas, bientôt, c'est le craquement connu d'une essence, l'eau de pluie qui cavale dans le fossé comme un chat très indifférent, le retournement d'un rameau sous je ne sais quoi qu'on effraie parce que l'habitude s'est perdue, chez l'animal qui fait vigie, de la présence de promeneurs à Uspenka.

Depuis que le village est privé d'hommes, on se demande bien ce qui y fait ce neuf, ces arrangements de troncs tout prêts à prendre une route, ou ces cailloux disposés en petits temples tombés.

Il semble que demeurent ici, encore, des gens pour la saison, pour la production, puisque troncs et cailloux sont bien taillés et bien entassés de frais pour un départ du jour.

Et ces arbres qu'on a coupés et écorcés, ces pierres plates qu'on a disposées, comme pour le signalement d'un temple ou l'annonce d'un plan humain, ponctuent le chemin comme un pas.

On a dû beaucoup travailler pendant l'hiver, à Uspenka.

Sans doute est-on venu de Perm prendre ce qui devait être pris ici, prélever ce qu'il faut aux hommes pour accomplir leur travail de forme dans le monde formé.

D'abord, on n'a entendu que la répercussion du pas dans toutes les choses : Mouche s'en est amusée. Elle piétine bien fort sur le chemin pour chasser les vipères ; et ce piétinement dérange toute la nature : il est le clapotis, la branche laissée, un échappement dérisoire dans ce qui est une puissance.

Tout ce qu'on l'est de corps sous vos chapeaux, alors, est l'effet d'une puissance.

Dans nos jupes, ce rayonnement dont vous faisiez des poèmes est l'égale, l'imperturbable promesse d'un « point du jour ». Il faut que vous m'entendiez : je ne crois pas autant que vous à cette idée qu'il y ait au monde une source du jour, un commencement doux de la nature, je ne crois pas en cette illumination du monde dont il serait la preuve et le fruit.

Mais je suis comme vous : je pressens qu'il y a de l'être et j'y vois la preuve tranquille de la consistance du regard que je porte sur le dehors.

Vous me trouverez trop prussienne ou bien vous me ferez reproche d'être une lectrice trop amoureuse de Jean-Jacques mais je crois vraiment que cette lumière par le bois de bouleaux, qui saoule et qui berce comme la chanson d'une mère, c'est la conscience que j'en ai et qui veut que cela soit au dehors un dehors, que ce ne soit pas tout bonnement la crudité inextinguible de la matière sans pensée.

Ce que je vois ici, quand je me promène avec Mouche, tous ces atomes qui volent et qui frissonnent comme des bulles contrariées d'ombre dans l'onction du soleil bien jaune, c'est ma conscience d'homme qui veut qu'il y ait, au paysage, du paysage.

Shadrin, croyez m'en, le fossé, la futaie, les frondaisons crevées, la ponctuation comme une prosodie du bois coupé, ce qu'il y avait ici et qu'il n'y a plus, le monastère de nos parents et jusqu'à ces dieux de plomb, d'os et de cire que nous y célébrions, tout cela, ce n'est au fond rien d'autre que la volonté que j'ai qu'ils y soient ce qu'ils sont pour ma volonté.

Oui, je suis ce paysage, vous êtes ce paysage, Mouche aussi.

Ce n'est pas qu'il porte notre trace, il ne la porte pas, c'est bien mieux : il est, tout entier, tout et parties, notre monde au monde. Il n'y a de nature qu'en l'homme, voilà le fait : toute la nature est une induction d'homme, une élucidation générale de ce que c'est que de vouloir qu'il y ait quelque chose au monde.

Rien n'est transcendant, croyez-moi, rien n'est transcendant ou rien n'est dépassement de ce regard dialectique et volontaire qui est dans le temps et qui ramasse tout, qui fait de tout sa forme générale et comme son dû.

Nous faisons un tableau du monde, notre action, notre acte posé dans le monde est le monde tout purement. Je ne puis, lorsque je suis à Uspenka, recevoir comme vrai ce que vous nommez le monde ou son origine ou sa splendeur ou sa souveraineté. Ce que je vois, c'est ce dont la conscience prise dans l'œuf fait un monde, un autre œuf dans lequel elle est encore du monde et qui sait la répercuter parce qu'il est son outrance de volonté, son excès toujours reporté. Il n'y a pas, au monde, d'épuisement de la volonté : cela ne s'y rencontre pas.

Parfois, je veux bien vous comprendre, parfois je cède devant cette force qui vous est donnée d'avoir raison de tout et de moi. Mais alors je ne cède qu'à une force, à un point de corps, à un point de votre physique de voix ou de poitrine, à votre front qui tremble avec les tempes, je ne cède qu'au portrait que ma volonté imprime à tout ce que vous êtes et que j'aime.

Car, pour moi, lorsque la voix s'est tue, je ne vois dans le monde qu'une répercussion de cette volonté du couvert de l'œuf ou de la jarre de l'être, de cette jarre d'or des légendes du Bouddha, que quelque chose soit qui lui donne paix et courage. Je n'y vois qu'une volonté qui veut. Je n'y vois qu'un écho de la conscience qui fait de l'être.

Je veux ici vous dire notre surprise, à Mouche et moi, quand nous avons entendu sonner, de je ne sais où, des cloches après le bois !

Je pensais que tout avait été mis à bas. Je pensais que les cloches de Tchousovoy étaient des fusils ou des treuils pour la boue des combats, désormais. Je pensais, vous en souvient-il, que c'était justice, même, et qu'il revenait aux formes autorisées de Dieu de rendre à la création les contours distingués par Dieu, si toutefois il était autre chose qu'une forme volontaire et têtue du vide de pensée juste. Je pensais que tout cela avait cédé devant la force de la matière qui est la forme induite de la culture générale et nécessaire des choses.

C'est Mouche, d'abord, qui y a prêté attention : à son âge, on n'est déjà plus une âme bien russe. Elle ne sait pas au juste ce qu'est un bourdon. Or, pour moi qui suis bien russe, russe de Perm, bien bien russe comme vous, une cloche d'église qui sonne est une ponctuation de toujours de la vie des jours.

Oui, je vous en réponds, cela sonnait depuis Tchousovoy, cela sonnait à tout rompre comme un tambour : c'est à n'y rien comprendre.

Je veux ici écrire ce que j'ai compris et ce que j'ai senti alors, pour que vous me compreniez mieux encore.

J'ai d'abord été une communiste, une communiste vraiment : un premier stade de la conscience, quelque chose qui est bien de l'ordre de la limite de l'œuf en quoi tout s'affole pour confiner à la certitude du monde, a jugé. C'est le jugement d'abord qui a imposé sa résolution, sa fermeté, à votre femme communiste.

J'ai trouvé la terre injuste, l'ordre des hommes injuste d'avoir renoncé à regagner, à reconquérir tout à fait sa demeure. J'ai trouvé obscène, indigne, avilissante, la matérialité épargnée d'un dieu dans le monde.

J'ai imputé à la faiblesse de notre entreprise qu'il y eût encor dans le monde un tocsin du delà.

J'ai fait reproche à notre lutte, sans le dire à Mouche, qu'elle eût permis la persistance de cette superstition de son inféodation à un ordre supérieur ou antérieur des choses.

La beauté n'y fait rien. Le vieux Baal est un dieu de beauté et ce qui dévore séduit pour dévorer. Tout ce qui, dans le monde, est intention de dévoration, se pare de beauté. La beauté est un tigre à qui tout abandon est dû.

Je n'ai d'abord vu aucune espèce de douceur dans cette voix levée après le bois. J'y ai vu la preuve de notre faiblesse dans cet exercice qui est le nôtre de restitution du monde au monde. J'ai vu dans chaque coup un coup porté contre la volonté qu'il y ait un monde formé et tenu de soi.

Mais parce que je suis votre femme, très vite autre chose m'est apparu, qui ne vous cède pas le point davantage qu'il ne me le cède.

Concevez d'abord que tout ce que j'écris ici m'est dicté par la sensation immédiate reçue d'Uspenka à la descente de l'auto. Nous avons peut-être marché une verste avec Mouche, sous vos chapeaux, mais chaque petit pas accompli fut en quelque sorte, ce midi, un prolongement farouche du précédent, farouche comme un merle ou le corbeau de Noé : ce fut le même pas toujours et toujours le pas plus solidement le même que son pareil. Tout était là, m'entendez-vous, *hic totum*, et le pas annoncé était là, aussi, dans le premier pas accompli.

Ainsi du bourdon, tout à coup.

Il fallait qu'il fût là. Il fallait qu'il y eût ce bourdon.

Je vous l'ai présenté comme un coup soudain parce que c'est d'abord ce qui parait à l'aveugle, à l'apparence d'une conscience, je voudrais que vous me compreniez.

Je ne vous parlerai ici ni de permanence ni d'impermanence, je ne veux pas que nous perdions tous deux notre temps à disputer sur ce point.

Je veux ici vous dire que notre petite promenade à Uspenka m'a bien convaincue que nous aurions tort de nous opposer sur la question de la rupture, de la « séparation » de ce qu'il est coutume de nommer le « temps qui passe ».

Je ne doute pas qu'il y ait un temps, je sens le temps passé dans le temps passé plein de vous, ce temps passé loin de vous qui fut ma volonté puisque j'en suis coupable, puisque c'est par moi, à cause de ce libelle imbécile dont vous avez avoué être l'auteur quand je l'étais, que vous m'êtes arraché.

Je veux dire ici que nous n'ajoutons rien aux choses, ni vous ni moi, en les pensant comme des discontinuités de la volonté constante qu'elles soient.

La décision que quelque chose soit nous est commune et même, être quelque chose, nous le voulons pour nous-mêmes, dans ce désir de présence que nous éprouvons l'un pour l'autre. Nous sommes des corps ou des enfants qui veulent ; nous sommes des enfants exigeants, Shadrin, nous voulons très ardemment que quelque chose soit.

Or, ce que je vois, moi, c'est la constance d'une forme qui est la volonté posée pour toujours et de toujours, qui est comme le transport hors de soi de la volonté.

Nous disputerons de la teneur de cette volonté dont vous faites une dimension du temps quand j'en fais le temps même ou, plus exactement, dont je fais le temps même quand vous en faites une forme possible du temps.

Je vous ai dit ma révolte, je vous ai dit mon éblouissement, je vous ai dit la solitude intrigante d'une campagne pleine des formes étranges du dépeuplement… J'aurais dû aller plus au fait : entre l'éblouissement des ruisseaux de la fonte, des petits craquements, du vent doux, des caquètements d'oiseaux et l'ardeur de mon indignation à entendre tinter le bourdon de Baal, j'aurais dû vous dire ma sensation profonde qu'il n'y avait rien que la contingence d'une certitude que le monde est, tout à fait, ici comme à Perm, ce que j'entends qu'il soit quand je m'entends et que cet entendement qui veut veut des formes. Je ne suis pas une forme du temps, mon amour : le temps est ma forme. C'est votre femme, ce temps de la promenade qui veut persister et qui persiste en tant qu'elle le veut. Vous connaissez votre fille, elle s'est engagée dans le buisson, elle s'est piquée ou bien quelque chose l'a piquée, sait-on. Et voilà que je tire de l'incident une preuve de plus que l'engagement dans le monde d'une volonté est purement le monde : je ne veux accorder aux pleurs de Mouche qu'une tendresse, j'en déplore la cause sans la voir, elle est sans cause. Votre fille est un effet, un effet pur que je console.

Je ne veux pas revenir sur nos dernières discussions, celle d'avant votre arrestation et votre départ.

J'y reviendrai le temps venu, ma tête se couvre de pensées contraires lorsque je pense que nous n'avons pas su nous dire au revoir comme il convenait. Nous sommes des amis, avant tout, des amis qui n'ont pas su se dire au revoir ; la précipitation de tout dissout les corps et les esprits en petites maisons de sensation qui, toutes, distraient de l'ensemble. J'ai votre sourire dernier en mémoire. J'ai aussi les commandements du commissaire, le grand silence posé sur les derniers bruits entendus, votre valise bouclée, les serrures, l'escalier, les deux dévalements pareils de l'escalier égal. Je ne suis pas venue sur le palier, je suis restée assise, comme une épouse confiante. Je vous ai saluée confiante : vous reviendriez vite car l'ordre des choses est juste, l'ordre des choses était juste, qui vous convoquait au dehors. Vous iriez revenir, notre amitié d'âme aurait raison du voyage.

Nous voudrions être quelque chose de l'ordre du grand amour présent.

Nous croyons tous deux en une justice nouvelle, vous qui partiez, moi qui demeurais : nous étions une confiance placée dans la marche d'un temps nouveau.

Rien ne m'est apparu bien brutal, bien cruel, dans cette séparation, à l'orée.

Je n'en connais pas le terme, les regards se sont croisés vite, comme au rendez-vous, le premier, au café Répine : ne sommes-nous pas nés, Shadrin, pour que, de quelques gestes échangés, nous fassions notre miel de temps, notre affaire d'amour dans le temps discontinu qui superficiellement, y compose des durées ?

Vous ai-je assez aidé à préparer vos affaires ? Lorsque j'observe les choses laissées, lorsque j'en fais le compte pour qu'elles vous recomposent ici, entre Mouche et moi, un corps, un souffle, une voix qui parle encore à vos amis, je ne doute pas que vous ayez ce qui convient.

Des livres, un rasoir, vos chemises.

Au moins avez-vous un manteau. Je ne vois plus ici votre manteau et certes, vous avez votre manteau.

Je me prends à rêver qu'il soit encore ici, que vous en manquiez et que nous n'en manquions plus.

C'est alors que notre volonté de vous savoir au chaud, semblable à la vôtre, passerait l'épreuve des corps et des espaces.

Les pleurs de Mouche ont bien vite cessé. Les buissons d'Uspenka sont traîtres et bien poison. Lorsque nous étions compagnons de promenade, vous-même, vous étiez une voix d'homme qui m'en gardait.

Je me demande à quoi pense Makarian quand il nous regarde marcher depuis l'auto. Il n'est pas causant, il ne l'a jamais été. On me dit qu'il a laissé sa famille pour s'installer avec une camarade : cela ne l'a pas rendu plus causant. De tout le voyage, il n'a pas prononcé un mot. Je ne l'interroge pas sur ce qu'il est advenu de vous. Je ne redoute pas qu'il me dise de vous que vous êtes souffrant, je ne redoute pas que les réponses qu'il donnerait façonnent en moi la forme de ce que vous êtes dans les jours et les nuits de l'est, dans les espaces où l'on vous retient par ma faute ; je ne redoute pas cela parce que ce serait encore vous savoir au règne des corps physiques, au règne de vies limitées et dont le cœur et l'esprit s'échappent dans le dehors toujours immense et toujours commencé. Je ne redoute pas non plus qu'il me dissuade de vous attendre car ne plus vous attendre serait encore vous avoir tout près, dans ce casernement de la mémoire où vous avez fait votre office d'ami et de père. Ce que je redoute, c'est qu'il ne sache rien de vous, qu'il n'ait aucune information sur ce que vous êtes devenu, « plus à l'est ».

On dit toutes sortes de choses, à Perm, de ceux qui sont partis ; et de tout ce qu'on dit, il est redoutable à l'esprit et au cœur qu'il ne puisse faire du corps résolu, de la distinction de corps. Je veux que vous demeuriez une forme, une forme du temps, je veux, en épouse égoïste, que vous m'apparteniez comme un objet pris dans le temps que le temps ne dévore pas. L'incertitude du sort de ceux qu'on aime, vous l'avez si souvent dit, c'est leur mort vraie, c'est leur terme atteint.

Moi, je n'aime pas ce terme : je ne veux pas vous perdre comme forme, comme objet du monde ; je ne veux pas vous perdre comme voix, comme pas, comme leçon des chemins pris par une clarté contrainte en soi.

Je redoute que Makarian ne sache rien de vous. Cela vaudrait condamnation à attendre l'univers entier, à attendre tout le grand univers incertain. Je veux être certaine que vous soyez une chose dans le monde, une chose dont les attributs me soient des choses et soient aussi des effets sur Mouche, un legs pour notre petite si je venais moi aussi à gagner le large pour telle ou telle faute commise par innocence ou par idiotie.

Je vous redirai le sentiment coupable.

Vous êtes parti par ma faute, c'est entendu, et il me revient d'établir l'ordre de mes réflexions sur ce point.

Vous êtes parti pour nous sauver, Mouche et moi, et c'est ma faute d'idiote et d'innocente.

Aussi ne veux-je rien entendre de Makarian qui vous décrète perdu pour la vie des formes. Je puis admettre de vous avoir condamné à vivre ailleurs comme un objet du monde, comme un sujet du monde qui y travaille, à vivre en artisan d'un temps nouveau, je puis admettre aussi de vous avoir condamné à avoir accompli votre travail, à le poursuivre dans le clos de mon souvenir d'épouse.

Mais le sentiment ou plutôt la sensation me serait intolérable de vous avoir condamné à être ce monde même de l'errance, du désordre, de l'injustice des forces, à y être inscrit comme le pourrissement des bois, la débâcle des collines, le flanc mort des chevaux qui rendent à la nature ce qu'elle leur a donné de forme. Non, cela ne peut pas être, même en pensée cela ne peut pas être. Car si c'était, alors c'est tout le monde, c'est l'univers tout entier qui me serait reproche. C'est en toute chose que je verrais s'unir les forces égales et contraires de l'artisanat perdu de la vie nouvelle.

C'est cela dont procède sans doute ce silence gêné que l'on m'oppose lorsque quelque chose d'un peu éperdu m'échappe, sur quoi je n'ai pas d'empire.

On doit se dire que ne pas savoir n'équivaut en rien à connaître qu'il n'y a rien, que la connaissance du mal ou du bien le cède toujours à l'ignorance qui les assemble et qui transcende dans le cœur. L'idiot est le désespéré et c'est le puissant : l'ignorance est l'assomption des choses, la souveraineté vraie de l'assomption des choses. Ce que l'on ne sait pas, cela entraîne dans la danse immense des choses, ce que l'on sait renvoie à la solitude captive de l'œuf.

On ne sait rien. Je veux savoir. Je tremble de ne rien savoir. L'imagination n'accomplit pas le travail de l'ignorance, elle met de l'ordre où l'ordre manque.

Ainsi de la poésie. Or, je n'écris plus de poèmes, depuis que vous êtes parti.

Makarian m'est devenu une figure, comme une idée grecque de la vertu de l'ignorance, de son règne implacable et mille fois redoutable.

Ce n'est pas qu'il soit ignorant, lisez-moi bien, je le sais même un être subtil, ce qu'il me dit de notre entreprise en témoigne : il est par exemple partisan de ce que nous laissions pour un temps accroire aux koulaks que ce qui leur appartient depuis un ordre des formes captives leur sera concédé, au terme des luttes.

Non, Makarian n'est pas ignorant mais son silence de dieu grec, c'est la bouche fermée sur une boule de feu, sur un nœud de sang qui peut dévaster, dévorer, étrangler l'âme qui veut vivre.

Il est tout entier la menace savante d'une ignorance. Je veux qu'il se taise, il se tait, nous avançons. Mouche joue avec ses épaulettes et emprunte sa casquette pour la pose. Il ignore tout à fait qu'un monstre l'habite, qu'une goule le hante qui pourrait nous emporter dans la tourmente de toujours du monde. Un pacte s'est installé : il est un dieu muet que je n'interroge pas, un sphynx devant quoi je dépose tout mon silence, tout le silence dont mon âme est capable pour se contenir en âme.

Il nous attend dans l'auto derrière ses fumées, comme un dieu grec vraiment. On pourrait sans doute marcher des heures, des jours, on pourrait marcher la saison, il demeurerait impassible comme Pluton, derrière sa cigarette. J'imagine que Pluton couve sa forge comme Makarian son tabac !

Vous me jugerez élégiaque et vous aurez tort : je veux être une vestale d'Ignorance, je veux la révérer comme ce qui m'est refusé. Je ne veux pas ne pas savoir. Et je ne sais donc pas tant que rien n'advient, tant que rien ne vient faire son petit numéro d'événement comme en comédie !

Je ne veux pas être ignorante : je veux ignorer qu'on ignore, je veux ignorer qu'on ignore, comment vous l'écrire plus nettement ?

Je veux que mon ignorance soit une possession, un objet mien, je veux qu'elle échappe à la souveraineté de l'ignorance : je veux bien pour moi de l'ignorance comique de l'épouse idiote si cette ignorance me garde de la grande, de l'universelle, de la tragique ignorance où vous seriez perdu dans l'incertitude despotique des choses !

Ne rien savoir de rien n'est rien : voilà !

Nous avons croisé une seule âme dans la promenade : un koulak piquant son cheval.

J'ai trouvé les deux têtes pareilles, celle du koulak et celle du cheval. De bonnes têtes de bons Russes, équarries par l'os même, façonnées par petites touches sur les saillies de l'os.

Nous sommes un peuple dont la tête dit tout, n'est-ce pas, du peu de matière qui nous est concédé pour ressembler au monde vif.

Nous avons des têtes effrayantes, effrayantes pour des Russes aussi. Il y a très peu de nature dessus, j'entends : de nature vive. Nous sommes l'évidence de la permanence morte du monde : nous avons la tête, vraiment, des fins de saison !

Peu de chose nous orne l'ossature, nous sommes le terme de ce qui vit : c'est sur le visage. Nos crânes affleurent, nous sommes un tout petit peu de vie façonnée sur la mort qui est notre règne vrai. Nous sommes des esprits qui enchantent la mort le temps de notre gentille chanson de vie. C'est sans doute pourquoi nos visages sont si furieux, si farouches, si sauvagement de ce monde quand ils sont, déjà, de l'autre.

Nos regards sont des fanaux qui tremblent dans le passage caverneux sans limite.

Ce sont des torches dans l'architecture sévère de ce qui est de toujours. Notre vocation est d'être mineurs, prospecteurs d'une matière dérobée sitôt qu'offerte !

Oui, nous sommes des mineurs veufs de minerai et qui vont, comme de petites torches braves et fidèles, au pacte du regard : nous baladons la certitude opiniâtre d'une flamme terminée. Nous avons promis, faut-il croire, de rendre à l'ombre le monde fièrement, virilement vu.

Comme passait le koulak, j'ai repensé à cette histoire de l'âne de Balaam que vous me racontiez souvent.

J'ai vu l'âne témoin d'injustice dans ce pauvre cheval harassé. Devant quel peuple de Moab l'attelage allait-il témoigner, quel arrêt achèverait cette marche-là ?

Quel ange, ce cheval ? Quel magistrat, ce type en galoches ?

Le cheval, c'est le communisme qu'une éternité écrite de classe tourmente comme un ange ou comme le témoignage d'une voix juste !

La voix qui convertit celui qui n'est pas un autre mais le vrai frère dans le petit trot fol du monde ou la raison de l'Histoire !

Nous sommes le cheval et l'ange qui s'exhausse de sa matière lourde et sale, de cette matière qui pue de toutes les matières du monde, nous sommes l'angelus levé de la merde des mondes, Shadrin, et nous disons qu'il y a jugement, qu'il y a jugement de la bête et de la terre et de la merde, qu'il y a des apocalypses nouvelles, des eschatologies du vieux monde qui s'annoncent comme des récoltes buttées. Nous disons, comme des voix légères rassemblées, comme un chœur de plain-chant, que la matière du monde, celle qui sent la matière du monde, avec son regard de fanal bien russe, avec son fanal ardent fiché dans l'os, que les temps viennent de ce jugement fraternel où les légèretés reconnaîtront ce qu'elles doivent à l'effort commun sans limite de ce qui prépare, de ce qui affermit dans sa certitude et son envol, de ce qui encourage et édifie et éduque dans la buttée la floraison des choses !

Le temps vient où la fleur va reconnaître son dû au purin, le koulak au mords clabaud du canasson, Shadrin : Baalam, c'est notre frère koulak qui s'en va juger depuis le cœur, qui s'en va juger, ayant entendu tonner la voix de son frère en buttée !

Le koulak, le cheval, l'ange, Balaam, l'âne, Péthor, Moab, Uspenka, Balak, tout cela fait sens lorsqu'on se promène sur notre terre qui vit et qui s'anime depuis la mort à son ouvrage, Shadrin : nous sommes tous deux des témoins de la buttée, de la récolte, du semis, de ce travail des jours qui est toute la vie légère au secret !

Je vous écrirai bientôt quelque chose à propos de ces cloches que nous avons entendues tout à coup :

nous en avons approché et je sais à présent quelque nouveauté sur ce qui est en cours, après Perm.

Ne vous inquiétez pas pour Mouche. C'est une petite piqûre de rien, c'est passé : elle arrange des fleurs pour votre chapeau.

Avril 1921.

Les bouleaux d'Uspenka sont de vieilles bêtes fidèles.

On dit qu'ils vivent cent ans et j'en suis toujours surprise. Lorsque je vous ai annoncé notre promenade, je ne vous ai d'abord pas dit que c'étaient eux, mes vieux bouleaux, que j'avais en tête en y songeant. Ce qui ne laisse pas de me surprendre, et c'est depuis l'enfance, c'est cette permanence des bouleaux qui ne se signale en rien dans ce que j'y vois.

Chaque bouleau vit pour soi, semble-t-il, chaque tronc et chaque feuillage hors d'atteinte des bouleaux, au bout de quoi on devine je ne sais quel oiseau de jour ou de nuit qui attriste, qui enchante ou qui porte au rêve éveillé. Chaque tronc et chaque feuillage est aussi sûr de soi et seul que pris dans l'ensemble des bouleaux.

Une futaie n'est pas un ordre, ou, plus exactement, ce n'est pas un ordre dont la disposition ôte quoi que ce soit à la particularité de chaque individu.

On dit cela volontiers des oliviers mais le mouvement particulier de chaque olivier dans son espèce, me semble, à moi qui n'en ai croisé que dans nos livres, redouter de se plier à l'ordonnancement d'une futaie, le redouter comme un maudit.

Les bouleaux forment bien des futaies, eux, c'est bien dans l'ordre des bouleaux qu'on avance, cet ordre dont la nitescence est une pure répercussion du jour qui cajole et regarde la sensibilité.

On croise, à croiser les bouleaux, de longs rangs formés de frères en aube qui penchent leurs bras tendus pour composer des voûtes où la lumière fait davantage que passer, où elle se reprend, où elle se reprend pour donner à plein, comme aidée, comme poussée, comme incitée, par la matière tout entière.

Et cela surplombe et rassure, cela éternise le rayonnement de la nature où l'on va.

Et pourtant, chaque tronc de bouleau est bien un corps troué d'ombre ou de nuit, des forces y jouent, des forces contraires et complices qui sont de deux règnes, de deux mondes qui se livrent combat, qui tordent la matière pour le rayonnement dernier de tout.

Nos vieux Russes nous ont beaucoup appris des forces adverses de la nature et du règne séminal de l'ombre dans le rayon, du jour dans la matière noire du démiurge.

L'écorce des bouleaux russes n'est-elle pas tout à fait cette langue du jour tirée contre la nuit, dans la nuit où elle attend son heure ou sa gloire de jour empêché ?

On dirait de l'être de lumière pris dans la nuit et qui s'en échappe pour écrire son livre d'aubier, pour abandonner dans le monde une mue du rayon empêché !

Chaque arbre que l'on croise fourbit du jour depuis une cale profonde de nuit brune : c'est un événement que le bouleau, pour moi, c'est depuis petite !

Chaque ordre dans l'ordre de la boulaie se gagne sur la nuit depuis un travail d'affranchi : j'y vois la preuve de Bogomil et des Gnostiques : j'y vois le faufilement, hors de la gangue de nuit, d'une candeur intrépide de la vie dans la vie !

Et c'est dans le monde que cela a lieu, cela ajoute au monde le monde captif du monde !

Chaque bouleau affranchit la candeur et le rayon de l'ordre morne et mortel de la cépée !

C'est à chaque fois un bras qui lève comme un os bien vif, comme un corail de sépulcre terraqué, de son petit morne toujours orageux, de sa tourmente de matière.

Et ce grand bras qui lève et s'en va terminer le monde dans un surplomb où il trouve comme sa demeure ou son immanence, tire toutes ses articulations, toute sa force, d'un débat, d'une dispute avec la nuit matérielle qui le retient dans sa terre d'acide et de tourment.

Il y a là des nerfs, de l'os, la torpeur vaincue de muscles et tout ceci, qui est du corps, est un triomphe pied à pied sur les fondements de nuit.

Pas de néant, pas de vraie nuit : car, j'en suis convaincue, Shadrin, le néant est bien quelque chose, ce qui n'est pas est profondément de l'ordre de l'être : c'est là, c'est là, ce qui n'est pas, cela voisine, cela coudoie comme une plénitude contraire les épanchements de ce qui est et qui est volatile, qui est l'aisance, l'aisance pure, la liberté prise, l'abandon à soi du monde physique.

Le néant, c'est la contrainte, voilà tout ce qui est. Le néant ce n'est pas rien puisque c'est la contrainte, l'ordre méchant, l'ordre mauvais du monde ou le monde accablant.

Et toute la futaie, chaque cépée, chaque arbre de la cépée, lève de son petit caveau terreux et s'épuise à faire son livre candide.

Tout y est effort, tout y est torsion, déformation d'un échappement douloureux, d'une peine à lever. Ainsi des saules, mais la saulaie désespère parce qu'elle renonce toujours à aller jusqu'au terme de la communion avec le grand jour.

Or, cela ne vous ménage pas sa peine, un bouleau. Cela fait une grande mue toujours vivante de la nuit en jour, jusqu'à des termes que l'œil n'atteint pas puisque tout se perd dans le ciel, que tout va s'y perdre si c'est encore enfant !

C'est la vie toute pure qui échappe dans un effort à la tyrannie des mousses pour aller dans la demeure infinie du jour franc.

Voilà pourquoi cet arbre bien russe comme un visage russe est mon ami depuis l'enfance : il est la peine pour toujours, pas la peine pour rien, pas la peine dégagée de ses effets de peine et qui vaudrait comme ceci ou comme cela, fût-elle perdue : la peine efficace de ce qui travaille contre la nuit et ses machinations secrètes de faux néant. C'est tout à fait comme si les bouleaux formaient un corps d'armée puissant comme sont puissants les corps qui se tirent de l'achèvement pour se rejoindre et aller ensemble à la peine !

Cette peine commune, cet effort fraternel, c'est une rédemption de l'effort de chacune et de toutes ces peines, de tous ces efforts particuliers enclos qui sont du jour dans le jour et qui font pleuvoir sur la tourbe des choses un grand confort de rayonnement, une chaleur puissante qui emporte comme le bras puissant d'un frère fait de tous les frères.

Voyez-vous encore, où vous êtes, cette communion des peines qui poussent des articulations hors de la nuit matérielle ?

Voyez-vous ces voussures sans cime que Piotr Alexandrovitch célébrait en marchant dans l'Altaï comme nos chers Pétrarque et Rousseau ?

Voyez-vous la voûte immanente dont la nature matérielle est l'organe de nuit lorsqu'elle libère toutes ses forces de sa ténèbre de nature ?

Cela vous donne-t-il encore la paix d'une voix qui espère en le monde ?

Ce qui a été mis dans le monde, ce qui s'y trouve pris, ne songe qu'à des levers : le monde est un matin, Shadrin, tout y est disposé au printemps, à la révolution d'un printemps !

Je crois si peu en dieu que j'y vois un bouleau, quelques oiseaux posés, la fanaison vaporeuse d'une nue qui veut crever sous le jour !

Je crois si peu à dieu que j'y vois la nécessité absente d'un être qui se donne ici partout, dans chaque combat mené au règne matériel.

Vous ne me suivez pas en cela et comment vous faire reproche de vouloir des raisons, des raisons des raisons, des fins principielles et terminales de la raison ?

Comment vous ferais-je reproche, moi, votre femme, de croire en un ordre aliéné dans toutes les formes de ce paysage où je promène votre fille ?

Mais pour moi, je ne vois, dans ce que nous traversons, que des forces sans nom, sans nécessité. Je n'y vois qu'un jeu de forces originées de soi.

Je ne crois pas qu'il n'y ait rien et partant je ne crois pas, je ne crains pas qu'il n'y ait rien : je crois qu'il y a le monde, le célibat prospère du monde, je crois que ce qui vit contient tout son principe, ses bornes et son terme.

Je ne crois pas qu'il n'y ait rien, je ne redoute pas que nous passions dans l'apparence ou le fantôme ou le spectre du monde : je ne me vois pas en Hamlet qui cause seul dans la nuit avec ce qui ne se détermine qu'en lui.

Je crois en la solidité des choses, en leur fermeté. Mais je crois qu'elles sont à leur principe, qu'il y a ce qui est et que ce qui y est procède de soi : je vous veux professeur de causalité, je vous veux professeur de fins et de principes mais je crois bien, malgré vous, que la détermination des choses à être des choses est leur principe même ; et je veux faire justice devant vous, comme une élève insolente, de cette idée que ce qui est soit l'octroi d'une pensée ou d'un rêve penchés vers le dehors pour qu'il aille son chemin.

S'il est un dieu, nos souliers en foulent la plénitude et la limite, la génération en soi. S'il est un dieu, c'est un dieu qui achève et reprend, qui machine et qui sape : c'est un dieu de la finitude et de l'incertitude renouvelée, c'est un dieu de saison !

Ce n'est pas le vôtre et, peut-être, ce n'est pas un dieu du tout, ce dieu-là !

Les forces qui s'octroient la contradiction ou le répit n'ont aucun besoin d'un octroi qui les détermine à l'octroi : je ne crois pas qu'il y ait autre chose que le monde, qui est une chose.

On n'a pas abattu le monastère. Il est bien là, au bout de la futaie, après les empilements des pierres.

Le village est vide ou bien on s'y cache. Le koulak au cheval à part, nous n'avons croisé personne. Il est apparu au bout du chemin, il est apparu et c'est tout, mandé par rien, attendu par rien, tout à fait comme une ombre.

Mais on tire sur les cloches et leur bourdon s'élève contre les bouleaux. Je ne suis plus animée que par la superstition du monde : je crois que le hasard, c'est l'incertitude, le suspens de la lutte des forces du monde. C'est la nuit, la puanteur, les mousses, et ce qui est léger et robuste et s'en va au-dessus de la tête dans des infinis enclore le monde sur soi. Et ce bourdon des choses, vous l'aurai-je assez dit, je veux qu'on l'offre en testateur aux temps dépassés, aux temps qui viennent, au temps de Mouche.

Je veux qu'on l'offre comme un signe malappris, comme une prophétie manquée, comme un mauvais tour de l'esprit aux choses.

Est-il nécessaire que nous mettions à bas tout cela, qui est la beauté pure du chant de la nature, de la nature des choses, la beauté pure de la matière qui console de la terreur des nuits ?

Est-il nécessaire que nous fassions litière, parce que nous en aurions tiré des conclusions mauvaises dans l'ordre des finalités et des limites du monde physique, de ce qui se conçoit dans cette physique pour l'enclore sur soi comme un creuset où jouent des forces au service fidèle d'un triomphe de la beauté des choses, de ces choses qui sont sans cause ?

Non, je ne veux pas que nous ayons perdu, dans cette erreur de la prophétie de l'esprit, si peu que ce fût de la beauté des choses, Shadrin.

Il m'est si doux ce tintement d'Uspenka !

Je n'y vois l'octroi d'aucun dieu mais dieu, qu'il m'est doux !

L'effet de la beauté du monde sur un cœur, sur une âme, sur une force qui est en lutte dans le jeu des forces, cet effet fraternel qui porte à l'action d'une force dans les forces, je ne crois pas avoir nécessité qu'il s'interprète hors de soi et je ne crois pas qu'il y ait quelque nécessité que ce soit à lui imputer cette gloire imaginée dont il serait l'accessoire

Qu'on garde bien debout comme des futaies nos monastères et nos chants et nos ors et puis qu'on en dise ce qu'on veut, peu m'importe : je veux que la beauté me soit concédée tout à fait indépendamment de sa téléologie de classe. Je ne crois en rien d'autre, moi, qu'en un triomphe des forces de jour et du temps, des forces clairvoyantes où l'ordre du monde est tout entier ramassé comme une germination, comme un printemps battant.

Je n'ignore pas ce que j'encours à vous écrire ce que je vous écris, à l'écrire encore.

Je n'ignore pas que j'ai un jour pu écrire ce que je vous écris pour votre perte ou pour la mienne, pour celle de Mouche, aussi, qui sera bien seule si on m'emmenait après vous.

Mais je ne sais pas prendre la plume ou la parole pour me taire. Je suis bien convaincue que l'ordre matériel est tout mais qu'il est un ordre dans quoi les forces de beauté, les forces de lumière, sont une nécessité propre du monde si elles sont une nécessité.

Je suis plus communiste en ceci que je ne le serais dans l'exercice d'un ressentiment dont l'effet serait, justement, la confusion de l'effet pur et de la superstition de sa contingence.

Celui qui croit en son dieu ne retranche rien à la beauté sans nécessité extérieure du monde.

Je veux qu'il y ait du poème, non parce que le poème m'évoque un monde possible penché sur le nôtre comme sur un attribut de poésie mais parce que le poème est le monde possible qui procède tout entier du nôtre, qui en procède tout entier comme une saison qui vient.

Si le monde où nous sommes nés a cru qu'il s'animait hors de lui, cela ne condamne que ce monde et cela n'ôte rien à ses effets qui sont de l'ordre du monde où la superstition n'a que faire.

Le sens, c'est le monde, c'est la buttée, c'est ce petit morne feuillu qui, de soi, pourvu qu'on y fasse lever un effort, pourvu qu'on y impose un effort de la chair et du cœur, fait une saison qu'il ne devra jamais qu'à soi.

Si je redoutais Dieu, je redouterais ses prophètes. Je ne redoute pas Dieu, je ne redoute pas ses prophètes : je ne redoute pas Dieu puisque je ne vois pas dans les choses ses attributs octroyés au monde, je ne redoute pas ses prophètes parce que je ne vois pas dans le sens des choses un attribut de la prophétie.

Je vois dans le monde une beauté sans cause et qui est sa puissance même, cette puissance du levain.

Je veux encore, je veux toujours de nos poèmes, de nos monastères, de nos tombeaux, de nos chants, de nos saintes faces peintes, de nos fous : je veux qu'il soit au monde un poème arraché à ses causes par l'effort têtu de l'action et de la pensée, arraché sans autre crime que celui de l'insolence, du pied-de-nez et des poings aux hanches devant celui qui prétend tenir d'ailleurs ce qu'il tient d'ici et dont je ne veux entendre au monde que le poème !

Nous avons poussé la porte, Mouche puis moi, moi puis Mouche ; et rien : pas un signe de vie. Ce que je vous écris opiniâtrement suffirait à nous nuire, Makarian ne nous quitte pas des yeux : nous avons rebroussé chemin avec notre bouquet.

Je ne saurais vous dire si nous sommes tristes de rentrer de promenade.

L'appartement n'est pas silencieux, c'est le moins qu'on puisse dire ! Borizov y mène un grand train de tout. Sa chambre est un tripot où passent beaucoup de camarades.

On entend à travers la cloison la certitude bondir de voix en voix, d'éclat de rire en tonnerre outré. Ce sont des gens que l'on croise dans le couloir ou sur le palier et dont les singularités sautent d'abord aux yeux avant que la cloison de la chambre de Borizov n'en fasse des mouvements un peu égaux de la volonté d'être où l'on est, bien pesamment, de faire valoir son crédit de certitude et d'espoir au temps.

J'acquiers chaque jour davantage la certitude qu'un homme est un artisan qui rencontre, dans une espérance, une espérance de la fabrique, une espérance de la construction des jours, ce qui ne lui est pas donné de participation à l'essence ou de connaissance de ce qu'il peut bien être, ici où la convocation à refaire est son seul bien et, mieux que son seul bien, son être tout entier qui est son devoir d'être !

On entend à travers la cloison se dire très abruptement la volonté d'être, et cette volonté écrase et destine ceux dont les voix sont une seule voix de désir.

La chambre de Borizov est un désordre, on y devine des tempêtes ensauvageant les têtes, bouchonnant le cheval des crânes pour qu'il aille galoper et faire une vie propre et pareille de la vie étrangère du palier et du couloir.

Le temps sera ce qu'on voudra, voilà ce que chante ce chœur étrange dont la mélodie d'accents de garçons ou de filles a quelque chose de terrible et de doux ; il est terrible parce qu'il est l'humeur commune qui dévaste la certitude des formes particulières de chaque homme ; et il est doux parce qu'il est comme une chaleur qui, non seulement, défie la solitude dans laquelle vous nous avez laissées malgré vous, Mouche et moi, mais encore l'abolit tout à fait dans une mer fraternelle où le travail du monde emporte l'expression des saillies du cœur et de la pensée.

Non seulement nous ne sommes pas seules grâce à Borizov et à son petit cercle d'espèces en cheveux mais nous sommes ce cercle même, échevelé, qui communie comme dans de vieilles, d'antiques fraternités. Nous sommes cette fraternité de gens pareils qui nous enseigne, en somme, à travers la paroi dévorée de champignons, que la vie est le fait, l'ouvrage, l'œuvre de la vie.

Nous avons appris cela de vous, toutes deux : on ne se fait pas, on ne se refait pas, on fait la vie pour y être un sujet vivant dans la vie refaite !

Nous nous refaisons aussi dans ces voix. Mouche a peur des colères, de ces colères de la paroi de la chambre qui ne durent jamais mais que les alcools empoisonnés de Borizov exaspèrent.

Oui, Mouche craint les éclats de voix, elle n'a pas été conçue pour comprendre que l'on soit brutal : nous avons toujours causé de tout, vous et moi, à bas bruit, quand même nous n'ignorions rien de cette rage contenue des frères. Je ne peux pas expliquer à votre fille que la colère est juste, je ne peux pas le lui expliquer parce que je ne le crois pas. Je crois qu'un esprit, qu'un fait de l'esprit, qu'un travail de l'esprit est cette maladie même de la colère qui doit travailler à en apprivoiser la mesure.

Je dis à Mouche, à ma façon, que la colère est une condition dispensable de la révolte qui est un fait, une architecture particulière du fait, qui n'est rien si elle n'est pas l'équivalent en construction de cet artisanat sûr et patient de la construction d'un monde neuf.

La colère est comme cette course que le coureur a tant courue en l'esprit qu'elle lui est devenue une contingence et qu'elle pèse sur sa course physique, qu'elle l'alentit comme une idée latente alentit celui qui guide son poème au but.

Je dis à Mouche que les accents ne sont rien, que le point d'orgue, que l'obstination du murmure des frères est tout ce qui est fait pour l'oreille et le cœur.

Je lui dis que ce qu'il y a de terrible dans la mêmeté de la chambre, c'est ce qu'il y a de plus beau au monde : ces corps faits d'un corps qui refont un corps.

Ainsi du monde et de la nature aplanie par la culture par-delà ses termes faux.

Comme Mouche, j'aimerais m'adresser à des hommes, à ces hommes particuliers dont l'expérience et l'expérience de pensée, dont le fait posé sur le monde, mettent au monde des atomes où lèvent ces jointures, ces méandres qui gouvernent le pas et les sensations pendant le pas.

Les hommes sont des frères qui sont ce qu'ils font ; un homme, c'est le fait de cet homme-là. Mais que dirait-on de la nature du monde si elle n'était pas faite de tous les faits d'ordre voulus par ces faits mêmes ?

En cela, je me guéris jour après jour du vacarme de la chambre de Borizov : il m'enseigne que la solidité de chaque fait d'homme est l'épisode d'un roman fait du monde, que nous ne saurions accomplir un monde d'hommes que dans la supériorité d'un fait d'humanité.

Ce n'est pas les hommes que je rencontre, c'est la mêmeté de leur volonté qui fait.

Ce que nous aurons voulu depuis le fait, c'est ce que nous donnerons à Mouche, le temps venu.

Ce sera notre apocalypse à nous, cette la mêmeté souveraine des volontés qui font retour sur le monde pour qu'il soit notre affaire.

Je voulais des essences, je voulais que le monde fût plein d'essences, c'est cela que je voulais enfant. Il y a un grand désir d'essence en l'enfant. Ce désir est en l'enfant et j'y vois le signe du goût et de l'effroi qui abrutissent et qui enchantent celui qui est le petit de l'homme, le petit de l'homme dont la parole veut résonner dans un mystère !

Nous aimons l'enfance comme nous aimons les secrets ; le secret de l'architecture ou du plan des effets et des causes.

Or, le mystère est le fait de ce goût et de cet effroi. Et le goût et l'effroi sont, ainsi que la colère, les méchants attributs d'une pensée qui ne veut pas tant qu'elle ne veut vouloir, comme le serf, depuis un vouloir révélé dans le goût ou l'effroi.

J'entends que Mouche soit enfant de confiance, j'entends qu'elle tienne de nous la certitude du monde comme fait, comme fait affranchi d'une volonté du mystère, je veux qu'en Mouche rien ne soit mystère que ce beau fait de vouloir le fait.

Nous allons, nous nous en retournons, nous faisons face, nous opposons nos faits particuliers qui sont le même dans le grand fait des hommes : voilà le tout.

Et nous avons confiance, toutes deux, quand la dispute cesse et que chacun reprend ses bottes ou ses souliers et que l'escalier tonne.

Nous avons confiance, Mouche et moi, tout à fait comme si vous étiez parmi nous : la colère ni l'eau de vie n'ont eu raison de cet embrassement de l'âme que nous nous sommes donné. Car si je console Mouche alors que le ton monte par la paroi de la chambre de Borisov, si je lui montre que ce que nous nommons « colère » est l'attribut d'une fraternité qui se forme dans l'énoncé du fait particulier afin que le monde, comme la nature, le pays, soit une communion des forces particulières appliquées au fait, Mouche, pour sa part, me console parce que je me l'enseigne, le lui enseignant : elle me console de l'enfance des frères du café Répine, de leur goût et de leur effroi pour cette maladie de crâne qui corrompt leur certitude, qui offusque leur fait, qui distrait de soi leur volonté.

Elle me console aussi de votre absence quand son souffle est celui-là, précisément, que vous aviez, votre classe terminée, lorsque vous échappiez au feu de vos livres et au feu de vos leçons. Vous étiez mon beau et mon grand professeur très héroïque lorsque la beauté et les bontés de nos œuvres trouvaient leur résolution en vous dans la certitude volontaire d'un monde à venir, dans la certitude du père et de l'amant brave, comme un enfant du soleil affairé et doux, comme l'autre Protassov d'une autre Lisa.

Ce n'est pas votre feu, votre sauvagerie d'exégète et presque de mage, votre ardeur à connaître, ce n'est pas cette force-là que je révérais en vous, ce n'est pas davantage cette manière de torpeur en quoi je vous retrouvais au Café Répine, l'heure passée de la classe : c'est la résolution de l'une en l'autre, la paix gagnée à connaître, la paix débarrassée vraiment de cette maladie inconnaissable, de cette fièvre de la colère, la paix qui sait, qui sait le fait, qui le tient de soi, la paix finalement disposée à faire son chemin dans le monde et les têtes et puis (cela vous était-il sensible ?) dans le cœur de votre petite femme toujours trop distraite et trop prompte à conclure.

Avril 1921.

Je n'ai pas écrit cette semaine : c'est Mouche, c'est Makarian, je suis inquiète.

Il n'est plus commun de trouver un médecin à Perm. Il semble qu'ils aient tous rejoint des affectations dont, bien sûr, on ne sait rien.

J'ai interrogé Makarian à ce propos, qui m'a concédé le sourire stupide de Bartleby ! Je ne sais comment interpréter son silence, je ne le sais pas plus, à cet instant où je vous écris inquiète, que je ne le sais d'habitude.

Il se tient face à vous et sa barbe retient tout ce qui pourrait s'imaginer d'effusion dans un homme tel que lui.

C'est un type en quoi toute la terre s'est tue, en qui elle ne produit plus que de l'ordre, la rigueur à l'os de l'ordre qui ne sait plus quoi mais qui accepte ou condamne. C'était bien la peine, lui ai-je dit un jour, de mettre au pas un ordre de la vie pour lui en imposer un autre, un autre en dedans, bien fiché dans le sens, bien vissé, et qui dit son mot bref de la vie sans nuance, d'un coup sec, comme un fusil causerait !

Je n'use d'aucun charme, je m'y confronte comme il se pose devant moi : je ne reviens sur aucun arrêt. Qu'il dise oui ou non, qu'il accepte ou rejette depuis son ordre de fonte, tout semble m'aller ; je veux que tout paraisse aller droit chez moi comme c'est droit chez lui. Je veux observer Makarian comme j'observerais une nation tout entière, une nation dont il serait comme l'épitomé piqué d'une barbe.

Je ne suis pas sournoise, en cela : je tiens le fait pour dit, j'observe l'œuvre de la nation sur Makarian et, à travers lui, sur la vie que nous vivons, désormais.

Et je lui trouve parfois un goût bien amer, croyez-moi, quand je lui vois cette vilaine gueule fermée, crevant de patience, campée devant le monde comme un œil fixe, mieux, comme un œil qui fixe ce qu'il fixe, m'entendez-vous ? D'un œil *pour qui on a vu* !

Si je ne suis pas sournoise, si je ne veux pas, pour m'amuser, détourner Makarian de ses traversées d'aveugle, c'est que moi, je veux voir et je veux voir jusqu'à leurs complexions les plus intimes, les choses qui vont et viennent se contredisant après la paroi de mon œuf ! À quoi bon concéder à la profusion des choses, qui est sans ordre, d'en être l'idiot et l'aveugle ! Je prétends, moi, que le désordre de la vie s'ordonne depuis la fragilité tendue de ce qu'on pose, je prétends qu'un ordre vient, auquel je ne veux pas dicter son amble.

Les choses viendront en vérité à celui qui voit venir et qui fait pour voir venir ! Je veux être l'acte posé hospitalier à l'ordre qui va, à sa main, à ma rencontre.

Il est trop tôt, c'est ça : tout est toujours « trop tôt », par chez nous, désormais : nous voulons avoir vu, nous voulons avoir passé le temps nécessaire de l'observation. Nous allons au galop dans une idée de tout et nous irons au fossé !

J'examine attentivement Makarian qui ne dit rien. Je fume avec lui devant l'immeuble et je partage ses avis qui ponctuent les matinées comme des tambours tabasseraient les vapeurs et toutes les courbes de l'élan virtuose d'une violonnade de Viotti. C'est un puissant phénomène qui réduit le tout à presque rien de ponctuation et d'ordre de surface. Il n'a pas de prise, il n'a aucune prise sur la violonnade de la vie.

Alors il insiste comme un tambour de foire.

Ainsi, ce matin, le temps était mauvais, comme on dit quand on veut en rapporter l'incertitude au petit caractère de celui qui bronche, qui regimbe, qui fait son numéro de mutin. Vous savez que j'aime ce qu'on nomme « le mauvais temps » : j'y suis d'autant moins bavarde et d'autant plus songeuse que l'événement, toujours, semble s'y précipiter quand il n'en est rien, et vous trousser une valse ou une gigue immobile et fiévreuse.

Et comme nous fumions, Makarian et moi, dans nos manteaux pareils, comme nous échangions je ne sais au juste quoi sur l'approvisionnement qui est toute une affaire, depuis que vous êtes parti, comme il ventait et que passaient des papiers, des feuilles, des boîtes de tout, toutes sortes de choses, comme les arbres étaient des coudes ou des genoux, il m'est apparu que cet homme que j'avais auprès de moi était bel et bien mort, mort tout à fait, mort causant, mort débattant des détails de l'acheminement par voiture ou cheval, mort comme une âme russe carrée dans sa pierre, fichée dans sa glaise, mort comme un mort bien russe, oui, mort dans la cavité sourde, muette, aveugle, d'une terre sans forme ni terme, une borne, un mort, un os, un sépulcre d'homme fumant comme un crâne, la mâchoire débarrassée d'être, passé à la curée de la vie, débité comme un tronc, parti en des membres et une tête pour rien, l'œil tiré de son globe et déboulant comme un caillou dans la perspective vidée d'hommes.

Et ce mort causait, que j'observais sans rouerie derrière ma cigarette, tout à fait convaincue d'entendre en spirite une voix des enfers, d'enfers bien vifs, cependant, avec cercles de tiroirs et de placards, d'enfers faits du mobilier des jours, du petit ordre sourd des jours passés à rien.

Et ce récif d'os et de barbe et d'œil noir reniflait mon désordre comme un chien des truffes !

Je ne sais au juste pourquoi on nous l'a envoyé, à votre départ. Il s'ennuie à périr entre Mouche et moi et je sens bien qu'il ne tire de nos conversations que la conviction faite pour sa mesure de botte et de vrai mort que je crois beaucoup trop que les choses viennent quand il les sait venues comme un mort sait que c'est venu, sans doute, un mort de conte russe. Car les morts de nos contes en savent toujours un bout, n'est-ce pas ? On n'est savant et russe que mort, c'est ainsi, sans doute ! Nous sommes nés d'une terre dont les mouvements sont trop difficiles à entendre quand on est posé dessus !

Il faut beaucoup de mort et de rêve à une tête russe pour entendre quoi que ce soit !

Mais l'incertitude est bonne, où mûrit un ordre depuis la volonté de l'homme et de la terre !

Quelle urgence y a-t-il, dites-moi, à contraindre la vie si c'est pour qu'elle se venge, qu'elle se venge

de sa mort préparée par des morts aux yeux de qui
« on a su » ?

La révolution, c'est un jardin que nous aurons
porté vers son jardin : c'est une affaire de vivre, ça,
c'est une affaire de biner, tailler, émonder : il faut
bien ne rien comprendre au monde si l'on veut qu'il
s'explique et que nous nous entendions.

Je refuse, dans une certaine mesure, de comprendre, oui. Et je redoute qu'on comprenne. Je
redoute même qu'on me comprenne. Vous, je ne
vous comprenais pas toujours, mais je n'ignorais pas
que nous aurions notre mot dit, notre pacte d'intelligence, au bout du commerce vivant.

Vous me voyez bien perdue, avec mon mort et
cette autre absence de Borisov qui ne rentre jamais
que pour embarrasser tout l'appartement avec ses
tonnerres terribles d'ivrogne qui veut pouvoir quand
il peut.

Je me méfie de Makarian, tout de même, pour
finir : je le soupçonne de dire pour entendre, de
refuser pour qu'on s'irrite, d'accepter pour qu'on
renchérisse.

Ni Levitan ni Zaitsev ne consultent plus, m'assure-
t-il, et sa mâchoire de mort n'en dit pas plus long.
Je fume et je l'observe, je singe celle qui n'aspire à
aucune espèce de raison donnée, celle en qui l'avidité
des causes s'est tue tout à fait. J'attends parce que
je sais qu'il attend, comme un mort et comme un

chien, que je butte sur son talus d'os ou que telle plaie d'inquiétude me saigne devant l'aruspice.

Je ne voudrais pas pour un empire qu'un mort ou qu'un chien me jugeât depuis son ordre de mort ou de chien : je ne veux être jugée que depuis la vie changée, que depuis vous, en somme, qui m'avez enseigné la vie de la parole, de l'interprétation du monde et de ses ouvrages qui sont tous également, du monde, la patience et la portée et le commerce sage. Je refuse que le monde arrêté par des arrêts de morts ou de chiens me juge pour avoir désiré que fût ce qui ne sera jamais si morts et chiens le tiennent pour dit !

Il se pourrait que nous eussions un peu galopé, à la vérité, et couché dans le fossé des têtes bornées qui voient dans notre révolution un temps échu quand nous le traversons encore, avec des maladresses d'homme devant des maladresses du monde.

Nous avons tant à nous promettre que nous nous sommes déjà promis, la vie et nous, Shadrin, rien n'est révolu, ma patience et ma ferveur sont intactes et je déteste la mort et le chien qui arrache à la charogne les derniers lambeaux de cette peau qui est l'outil subtil et tenace du commerce avec la vie.

Rien n'est achevé, tout commence, nous n'en sommes pas même au printemps : nous n'avons pas refait la vie, nous n'avons pas fourbi les outils, nous ne nous sommes pas disposés à entendre. De ce qui vient, nous savons qu'il est juste, qu'il est le bon temps de vivre, qu'il demeure à vivre.

Ce que je voulais vous écrire avant de radoter et de vous dire la révolte ou l'emportement de tout mon être devant cette certitude terminée de Makarian, c'est que Mouche est un peu malade. Je ne suis pas encore venue à bout d'une fièvre qui la tient alitée depuis quelques jours. C'est votre femme et c'est une mère qui s'alarme de ce que rien ne se passe, dans ce tout petit monde reclus de l'œuf et de l'appartement où tout me semble, parfois, s'être déjà passé !

Avril 1921.

Makarian nous a présenté Morozova. Il a frappé ses trois coups brefs, puis deux, n'a pas salué.

Il semble que saluer lui déchirerait l'âme. Ce serait sans doute là pour lui reconnaître que nous sommes, Mouche et moi, autre chose que les conditions de cette étrange fonction qu'on lui assigne de nous protéger ou de nous tenir en respect d'événements dont nous n'avons plus signe que dans l'écho furieux de la paroi de la chambre de Borisov.

Le cœur commun ne peut concevoir qu'on ne salue plus un camarade au motif qu'il serait ce prolongement de chair, de physique et de regard, de la mission, qu'il serait en quelque façon « tout salué », qu'on s'affronterait à lui comme à l'un de ses membres.

Car nous sommes bien les membres et la veille, toute la veille, de celui qui n'a plus guère pour monde que notre petit pas vain de l'appartement, du seuil de l'immeuble ou de la campagne d'Uspenka quand le jour est venu de prendre le frais !

Makarian ne nous salue désormais pas plus qu'il ne saluerait la boucle de sa ceinture ou les soies noires de sa barbe.

Nous sommes entrés dans un règne des conditions, dans un empire de la fonction, pas celle du monde : celle de cet homme achevé qui est l'attribut pur, le pur effet de l'ordre reçu, de ce fait d'homme dont il est la proue navrante d'impassibilité.

Makarian ne nous connait pas, il ne nous reconnait pas, il est de son ordre. Et de cet ordre, nous sommes la terminaison et, comme telle, la cause de Makarian, ce pourquoi Makarian, ce dont Makarian, son sourire concédé, sa révérence refusée, sa main tendue vers notre chambre qui dirige Morozova et qui lui offre votre fauteuil.

Je n'ai jamais rien eu contre cette idée que notre existence était engagée dans le monde humain comme un écot de mêmeté, jamais. Vous m'êtes témoin de ce que je crois en notre entreprise, que j'y crois depuis un siècle, depuis mille ans, que je suis, plus que vous encore, un principe sur deux jambes et sous un front très enflammé.

Mais, à mes yeux comme aux vôtres, la fraternité à laquelle nous aspirons est un gain de chaque jour, un abandon qui ne nous est pas donné, une petite conquête de l'engagement de chaque matin au monde. Rien n'est résolu, rien n'est arrêté en un terme, rien n'est de l'ordre qui se passe de sa promesse de tous les jours, de sa réitération au cœur.

Il faut d'abord saluer, il faut que l'homme salue, qu'il ménage à l'abandon de ma prévention de sauvage, depuis la cordialité, la fraternité tendre et ferme d'un salut qui est la promesse d'un dépassement pour le salut du monde.

Or, rien : Makarian n'a jamais salué, ne saluera plus : nous sommes sa fonction, sa disposition dans l'ordre revêche d'un temps assis comme le Moloch ou Béhémot. Makarian, c'est la combinaison apprise des trois coups puis deux donnés contre la porte, l'imposition d'une tonne barbue à la tranquillité dangereuse de ce palier qui vous a dévoré, avec son escalier de peu de mots ; mieux : c'est cet escalier toujours plus noir où vous fûtes mon Dante, mon Virgile ou mon Thésée. Makarian, c'est nous, c'est Mouche et c'est moi, c'est Mouche et moi confinées dans l'ordre des attributions, dans le transport physique de la circulaire.

Salue-t-on, dépose-t-on ses hommages quand ce qui est devant soi, c'est l'alinéa de sa circulaire, l'alinéa d'un grand livre de l'existence ou du devoir ?

La circulaire a relégué le livre où il n'a que faire : le sépulcre blanchi du temps conquis, du temps gagné. Voyez : Godefroy est dans Jérusalem et Raskolnikov est en croix et le Christ est peint dans un coin de la voûte et tout est dit, l'affaire est faite, ite missa est !

Consent-on jamais à être l'alinéa d'une humanité pétrie dans l'argile très obtuse du grand livre morne de l'administration terminée du monde ?

Consent-on à ne plus être cette aventure de l'autre, ce salut gentil ou ce salut retors qui chuchotent : « gagne-moi » ?

L'homme est fait pour s'exhausser de soi, pour tenter sa petite excursion hors de soi : il y faut de l'audace, il y faut cette espérance que la vérité d'un homme, c'est sa fabrication, c'est son ouvrage, c'est son roman et c'est « son mot ».

L'homme, le frère dans l'empire des hommes, c'est le tour joué, la traverse, l'écart rencontré et emprunté ; voilà, il me semble, où se trouve l'homme : dans une forme de traverse où il s'éprouve comme on dégourdit, pour la bonne santé, ses jambes prises.

Mais il faut pour cela qu'il y ait un gain, qu'un crédit vous espère, il faut qu'il y ait de l'aventure, quelque chose à prendre : Jérusalem !

On n'ôtera pas aux gens cette tentation du chien qui veut voler au maître cette pâtée qu'il lui tend.

On n'ôtera pas aux gens cette rouerie qu'ils se concèdent pour aller au-devant du temps voir « s'ils y sont » !

Il faut du roman, du roman vif, du roman transposé dans le vif, dans la nature, dans la ville, dans la matière et la turbulence des éléments, dans le tout et dans la partie ; il faut de ce roman dont la fin, dont la borne, sont le gain de la lecture, de sa certitude de petit trot, de son inquiétude de traversée.

Je sens que ce monde des hommes dans le monde est à son terme mais je sais de ce terme qu'il est ce dont le chien d'homme ne voudra pas parce qu'on le lui tend, parce que « c'est donné ».

Il en voudra d'abord, j'en réponds, parce qu'il sera cette pâtée ou ce lambeau de la terre physique ou cette mission de notre cité terrestre qu'il aura su chaparder pour en faire son fait.

Voyez : je suis votre épouse et vous me conquérez, la pensée que j'ai de vous me tient autant à distance que votre absence et c'est en quoi je viens vers vous, comme l'infante ou la vierge des contes espagnols, toujours.

Toujours je vous échappe, la vie fait cela ; et j'en tire un profit vrai puisque vous êtes mon livre et son terme qui comble et qui repose l'âme !

Je ne vous veux pas trop loin de nous mais je sais que si vous étiez avec nous, je vous concevrais à distance comme le terme gagné d'une lecture douce et difficile.

On n'aura pas le roman de l'homme pour l'écrire, ce n'est pas cela, ce n'est pas comme ça, ce n'est ni le principe ni la méthode ni le moyen !

N'est-ce pas le génie de telles de nos œuvres que de se laisser gagner, écrire, par celui qui veut bien, qui veut ardemment bien de cette peine d'aller à son but, à ce but qui n'est pas dit, qui n'est ni l'arrêt ni la circulaire ni ce qui m'encage comme un kanak ou cet anthropophage dont on s'en va réduire la tête pleine d'oiseaux des frondaisons, d'un effrayant coup de tampon du bout d'une manche !

Si l'on dessine avec un bâton un coin pour moi dans le ciel comme une maison de vaudeville et des tréteaux dans la campagne, je veux toutefois qu'ils me soient des îles : je veux entreprendre d'y aller avec mon bâton, mes bottes et mon front dans tous les vents !

Le monde des hommes est un déchiffrement ; le bonjour dit est le roman de ce bonjour, c'est une sourate que je comprendrai si l'enfance de conscience prise dans l'œuf y vit transportée, ravie, dégagée de soi par la proposition d'une fin.

Il y a une cause en l'homme, une cause d'homme ; et cette cause, j'en réponds, Shadrin, c'est l'aventure par quoi l'on gagne un terme, un terme sien : la signification du salut, par exemple, dont le gain est parfaitement celui de la fraternité d'autrui, non comme telle mais comme terme d'un ravissement de la lecture de l'inflexion de la prosodie, du ton, de la prophétie très humble du corps et du visage qui salue, tout à fait comme un phénomène de la nature salue le physicien.

Je veux que tout m'échappe, je veux qu'un événement, un tout petit événement me soit concédé à chaque instant pour que je m'y rende comme à un rendez-vous d'infante ou de vierge, dépossédée de moi-même, ignorante, innocente, traversée, chavirée, par la seule et la belle pensée de la conquête d'un entendement.

Je veux entendre, je veux voir : je veux que ce qui est au terme comme événement me soit un gain, me soit un terme gagné comme un rivage de l'Odyssée.

Que le salut soit ou non l'augure favorable des mythes m'indiffère ; ce qui importe, c'est bien cette entreprise de lecture, de déchiffrement, de traduction égoïste du salut : je veux que ce monde soit mon livre, je veux l'avoir conquis ; et je veux qu'au terme de ce chemin du déchiffrement, la fraternité du corps et du visage et de la voix qui saluent me soient une illumination qui engage !

Je connais le terme : celui qui salue est le même, il me tient en respect, il s'étonne de ce que je sois étonnée, il observe que je l'observe, il me reconnaît comme le tracé de ses confins ; c'est comme ça : quelque chose en l'homme veut garder et veut se garder, c'est ainsi que sont au monde des perspectives et du petit trot dessus.

Il faut à l'homme non pas de l'horizon mais de la dissémination de l'horizon dans toute la nature physique et morale.

Il lui faut de l'horizon du tout et des parties, du point de fuite et de la promesse.

Il faut à l'homme une apocalypse, un jugement, le repos d'un terme gagné, voilà.

Qu'en serait-il des gens si rien, si aucune détermination secrète qui fût de l'ordre de la matière humaine ne les portait à vouloir entendre comme leur le petit bruit, le murmure, le chuchotement, l'océan terrible de ce qui n'est pas dit sous le mot dit ?

Qu'en serait-il de celui à qui rien n'évoquerait rien, de celui en qui n'appellerait pas la voix tapie de toute chose ?

Or, la voix, c'est le fait, la chose faite et le facteur de toutes les choses, c'est l'homme et ses demi-signes qui sont mis dans le temps afin qu'il coure et possède en veneur le sens de ce qui fut fait.

Elle n'est pas hors des choses, la perspective, il n'y a pas d'île hors de l'île, pas de cité atteinte qui ne soit le tracé pensé d'une carte ; ce qui fut fait fut fait pour la course et ce terme de la course en quoi les hommes se savent artisans du temps qui les enclot comme tout à fait le leur et qui les libère comme tout à fait à refaire, depuis un entendement conquis.

Je dirai à Makarian qu'il convient qu'il me salue : je veux me rendre à cette convocation de ce signe qu'il me donne et voir où, passée la tyrannie des respects et des regards, il se trouve au juste, déterminer ce point où nous sommes ensemble des hommes.

Morozova est une femme petite à qui je ne saurais donner d'âge.

Il y a d'abord qu'elle est très laide et que rien dans son visage ne se résout jamais, semble-t-il, à prendre position pour quoi que ce soit qui fût sensible.

Vous me trouvez belle, à tout le moins avez-vous la bonté de me le dire quand moi, je ne me trouve pas bien belle. Mais je crois que je dois ce compliment à cette animation de tout mon cœur qui donne quelque chose comme une forme à mon expression, une forme qui, peut-être, est en votre idée l'expression retrouvée d'une œuvre d'art aimée où vous avez croisé cette beauté qui est l'équilibre affermi d'une expression…

Vous voyez en moi un vieux tableau, c'est ça, sans doute : vous voyez en moi l'effort de la sensibilité à décider d'une forme des traits, vous voyez les prémices de la beauté qui a « trouvé » cette forme, qui a su correspondre à l'équanimité d'une sensibilité qui sait.

L'effort de la forme intime à refaire la tête, la peau, le front, les membres, c'est un commencement de beauté : son succès, c'est la beauté ; et voici pourquoi, peut-être, vous me trouvez belle.

C'est cette peine que je me donne à donner une forme à mon fait de poussin, de forme qui veut briser un clos pour être dans le monde vraiment, que vous jugez belle, je crois : mon ressassement de recluse. Et c'est aussi pourquoi vous devez trouver adorable autant que sot ce commencement sans cesse repris de mes lettres.

Je veux vous y dire mon fait, je veux que la lettre soit reformée par le fait pour que vous me trouviez belle dans l'attribut aussi et que ce que vous jugez beau survive à la distance sans nom qu'on a tirée entre nous comme un tapis ou un temple arrangé avec le ciel, la terre et tout le fourbi physique.

Je n'écrirais rien que de bien dérisoire si je vous écrivais qu'un amour véritable abolit les distances : ceci est de la circulaire, de l'arrêt, du tampon.

Je ressasse pour être bien juste et dire le fait, le mouvement formé de mon âme ; je veux vous dire ce qui m'appartient. Or, ce qui m'appartient, c'est cet effort vers le monde qui commence une beauté, peut-être parce qu'il pose l'âme au travail sur la surface des choses afin de les refaire.

Il faudrait, pour que je fusse belle tout à fait, que mon œil lessivé comme un linge, ce foin jaune de poupée qui me vaut chevelure et ces mâchoires de reître femme, eussent l'expression terminée de ce que je sens. Il faudrait que je me fusse refaite pour toujours, depuis une idée, une volonté ou une sensation sûre, pour que je fusse belle. Alors, ce serait aussi dans les lettres et vous me trouveriez belle ici ou là, ici et là. Vous jugeriez même peut-être l'absence préférable parce que vous jugeriez de ma beauté comme on juge d'une forme achevée et dont les attributs matériels sont l'accessoire, comme la faute et le mérite sont l'accessoire de la morale !

Mais lorsque je croise notre miroir où j'aimais vous voir lacer votre cravate comme un possédé, l'œil parti et les doigts affairés à mal faire, je vois bien l'effort, la peine, je vois l'endurance d'une épouse que vous trouvez belle parce qu'elle cherche, parce qu'elle cherche à faire que son visage d'homme russe et ses épaules de rien élucident son cœur.

La Morozova cause à peine plus que Makarian, il se sont trouvés !

Je ne la crois pas autrement amie de notre ange barbu, il semble qu'ils se connaissent à peine ou bien que la connaissance qu'ils ont l'un de l'autre leur importe aussi peu que possible.

Mais ils ont en commun de ne causer qu'en fonction. Ils sont tous deux de la farine des outils dont la métaphore même s'est lassée, qui les lierait au reste des choses afin qu'on rêvât.

Il y a au monde des choses si ennuyeuses, si accessoires, si opiniâtrement relatives, qu'elles ont raison de tout, de tout jusqu'au poème où elles trouveraient un écho qui rachète !

Il y a aussi des hommes qui sont comme ces outils-là et dont au fond, je le crois, l'on se passerait bien du salut s'il ne répondait au devoir de traverser l'enclos de l'œuf pour rencontrer le frère perdu dans telle ou telle nuit.

Il y a des humanités accablantes et qui bravent jusqu'à la nécessité ancrée de cette intelligence du chien qui veut que l'os octroyé soit son os de chien plutôt que d'être « tel os ».

Morozova s'est assise près du lit de Mouche que sa fièvre distrait de tous les jeux.

Elle n'a pas ôté son manteau, elle a rangé ses bottes près de celles de Makarian et sur les mille bottes pareilles de Borisov dont je ne sais pas au juste où il va traîner, pour en avoir autant d'égales et de toujours neuves, sous votre manteau.

Elle a déshabillé Mouche, pris le pouls, inspecté les bras, le tronc et les jambes, détaillé votre fille comme un chiffon dont le regard brûlant vaguait en comète dans les acanthes du plafond de la chambre par le biscuit violet des joues, tiré une pince d'une malle et travaillé un mollet sous le sanglot tenu de Mouche jusqu'au sang, bandé la jambe en serrant fort.

Et puis elle a eu ce mot pour Makarian tandis que je demandais, moi, ce qu'il y avait au juste : « vous voyez ça ? ». Alors la barbe et le nez de Makarian ont caressé le pouce et l'index tendus tranquillement tandis qu'une paume, d'autre part, m'intimait distance. « Ça, Oleg Safronovitch, voyez-vous, c'est une tique, ça ! »

« Ça » : une petite bouillie jaune d'abdomen dans le sang bien noir de Mouche.

Makarian a eu un regard de consomption comique comme Morozova poursuivait :

« On ne quitte pas le chemin, Oleg Safronovitch, on marche sans quitter le chemin, les printemps. »

Avril 1921.

Elle s'est assise dans notre fauteuil sans qu'on l'y invitât, sa valise sur les cuisses, bien en tas.

Je ne saurais vous décrire ce regard. C'est quelque chose comme un caillou, un caillou de chemin, un de ces cailloux dont on débarrasse le chemin de la semelle.

Comme on aimerait se débarrasser de ces regards éteints qui ne disent plus ni oui ni non, qui ne cherchent rien du regard, ni devant ni dedans !

Vraiment, comme on aimerait se priver de ces regards qui sont une chose sans portée, une petite chose revenue des enfers pour rien et que son ascension a convaincue de se taire, désormais, comme se taisent les fossiles qui en ont assez vu, qui ont mille ans de fatigue à taire, le palier de la vie connue atteint !

On dirait d'une effigie fichée dans une vareuse trop lâche et dont le crâne muet, avec son regard fossile comme du charbon, croule entre deux aspérités d'épaule sans douceur d'épaule.

Les deux genoux se tiennent en croix dessus des pieds inouïs, carrés et nerveux, romans.

On voudrait chasser cela d'ici, ce ramassis, cet éboulement de femme dont le regard, à la fois, vous fixe et la ferme, on voudrait, d'un revers, renvoyer ça à ses enfers de sel et d'os !

On dit des coraux morts qu'ils prennent des poses de danseuse pour bien terminer leur danse de toujours. Ici, je ne sais de quelle danse il s'agit, mais c'est entassé abruti et plus fauteuil que le fauteuil, ordonné comme un gisant flappi. La face jaune répond aux grands doigts jaunes qui assujettissent la valise qui répond aux deux genoux jaunes comme des boules de foire qui répond aux deux pieds jaunes et gourds comme d'une sainte taillée à la serpe d'église et que le jour change, à mesure qu'il va et vient sous la voûte.

C'est lourd, c'est noir et jaune comme un talus sous l'orage, et cela fait silence comme une grosse bête exténuée.

Et cela vous observe depuis une acuité absente, depuis quelque conscience qui peut-être mène à bien un ouvrage, allez savoir.

Allez savoir quoi que ce soit. C'est ce qui me terrifie, aujourd'hui que je ne vous ai plus, ce poids humain de la certitude et cette inanité du poids. Il me semble que nous avons fait sous nous des cailloux en voulant faire vite, avancer au galop ; nous avons perdu des têtes dans le fossé mais pire que cela : nous avons mis du fossé sur le fossé, du gravier sur le gravier, nous avons privé le monde de la pensée qui le refait en en dispensant par la circulaire et la mission arrêtée !

Les feuilles de route ont abandonné sur la route des arpents et des bornes, des cailloux humains que l'ignition de la lutte a vidés et tendus comme des Eurydice.

Nous n'avons pas donné la main, nous avons couru et, comme nous nous retournions pour voir si les frères suivaient, nous les avons connus plus morts que vifs, pétrifiés par la mécanique dont ils avaient fait des cannes, des prothèses et des voitures à bras pour nous suivre. Nous nous sommes retournés dans cet échappement aux enfers au lieu que de prendre la main et de guider ; nous n'avons pas su faire patience et demeurer la chair de toutes les chairs, la matière de toutes les matières ; nous avons été la pensée d'Hegel quand il nous fallait sentir la chaleur de celui qui suit, de celui à qui le chemin est plus rude pour être plus matériel et moins décidé depuis quelques traits de pensée qui veut !

Nous avons mis du nombre d'or et de la perspective dans quelque chose dont la viscosité et l'âpreté nous étaient pourtant connues. Et, de ceux qui nous suivaient, de ceux qui voyaient bien nettement le dessin imaginé, le portulan de devenir généreux, l'horizon ouvragé, nous avons omis de comprendre qu'ils n'étaient frères que comme des rejetons d'escadrille, à leur main, à leur pas, à leur rythme.

Alors nous nous sommes retournés et nous avons conçu, comme je le conçois devant Morozova, que l'avant-garde cesse tout à fait d'accomplir son ministère fraternel, cesse tout à fait d'être l'outil et la preuve organique de la mêmeté, de la bonne chaleur suprême de la semblance, quand elle ne connaît, en fait de train, d'allant, de disposition à voler, que le sien.

Il faut bien connaître ce qu'on entraîne : l'âme russe est insécable, le principe révolutionnaire est débarrassé comme la voie droite de ses cailloux contingents. Mais de ceux qui font l'âme, de ceux qui pavent la voie droite, que dira en conscience celui qui pointe le doigt et lance son front vers le devenir, en compagnon aveuglé devant le jugement fraternel ?

Oui, Shadrin, Morozova, c'est notre faute, notre faute bien vive, l'image romane et gourde, l'inélégance, l'allégorie pataude de notre faute : nous nous sommes retournés comme des Orphée faute d'avoir embrassé, nous avons dû rebrousser chemin, parfois, pour compter nos morts : pour recouvrer mémoire des noms de ceux que leur lenteur d'hommes éloigne de notre terre promise.

Ils ont certes fait leur métier, ils ont accompli leur tâche à leur mesure, rien ne peut leur être imputé que d'avoir approprié l'espace et le temps à cette viduité de leur marche qui est notre faute à nous, qui voyions le point, la mire, qui nous y pressions.

Ils ont fait leur fait, ils ont dit leur mot. La marche les exténuait comme la bête piquée de Balaam, ils ont préféré l'arrêt, la circulaire, le décret, à l'horizon vrai qui s'en passera.

Ils ont flétri le dépassement de tout arrêt dans une image de l'horizon comme une table gravée. Ils ont écrit avant que de gravir. Le Sinaï, ce n'est pas qu'ils n'y voulaient pas monter pour revoir la vallée, c'est qu'il était bien loin, bien inaccessible à cette marche que ne guide pas la force de la main serrée, du bras jamais fourbu de la pensée qui voit le devoir outre les termes harassants du monde !

Morozova qui m'observe ou Makarian qui se claquemure dans les sentences idiotes de l'arrêt de commissariat, ce sont les idoles mauvaises, le dieux fourbus que nous avons mis au monde parce que nous n'avons pas su soutenir dans la marche, donner à notre pas la souplesse fraternelle de l'éclaireur qui ne craint pas le loup, qui ne redoute pas l'ours, la tique ou la vipère, de l'éclaireur que ne craint pas le cerf, qui va sans peur à l'hallali parce qu'il en connaît les vertus nourricières à leur principe, c'est à dire à la rencontre principielle de la pensée et de l'action où la mort et la vie scellent le pacte d'un devenir.

Nous avons tant causé à Répine puis ici, pour que les choses imaginées fussent tempérées par une dispute de l'amitié et de l'amour, ou qu'elles fussent au contraire plus farouches aux classes, à leur étrange, à leur très vieux manège, nous avons tant conçu entre action et pensée, entre imagination d'action et théorie des actes posés, tant conçu pour l'homme un devenir neuf machiné dans la fraternité du règne des hommes, que nous avons oublié que la matière d'homme, c'est l'élasticité de la matière même, cette élasticité en quoi la force et la souplesse, le ferme et l'agile, Mercure et Pluton, sont égaux et vont dessus ou dessous la structure du monde comme un nuage unique.

Nous n'avions que la masse en tête, que la masse en bouche, nous parlions du peuple et nous avons voulu ignorer que le peuple, c'est le corps fiché de la mandragore qui illustre la lenteur nécessaire de la nature et des saisons.

Si nous avions su voir vraiment sous l'ordre la pâte humaine, nous nous serions dotés de bras, de bras qui soulèvent, qui consolent et qui enchantent un calvaire au lieu que de demeurer ballants dans la fièvre et de contraindre au décret, à la précipitation fourbue du décret qui guérit de l'impuissance à aller au terme !

Nous avons laissé le temps s'abolir dans notre dos et cette abolition a fait des forces de mort qui taraudent notre dos d'éclaireurs qui vont obstinément leur andante de voyants.

L'élite révolutionnaire, c'est le bras disposé à serrer à la taille celui qui cède et dont le recours est l'anticipation du règne de tous les ors, de toutes les vertus et de toutes les bontés.

Nous voulions être l'avant-garde, nous voilà devenus des pitres de la mort paperassière !

Lorsque Morozova m'observe, du moins lorsque je prétends qu'elle m'observe, c'est mon célibat que j'observe, moi, ce célibat forcé qui nous tient à distance parce que nous avons été trop durs, trop sauvages dans notre pensée et dans notre action de principe, parce que nos prémices étaient un élan trop brutal pour la pâte humaine et que la pâte s'est gâtée en bavant du papier ou du marbre, du tampon et du stylet.

Il fallait conclure au principe, conclure à l'origine, conclure aux commencements mais ne pas conclure sans entendre en nous le chant fragile, le chant encore, toujours enfant, le chant éperdu de la fraternité.

Nous avons été sourds par paresse et voilà que nous avons pétri sur la mort.

Morozova m'est la preuve, dense comme un pilier de membres pris, que nos semelles sont désormais lourdes de bien davantage que de la mort des combattants : ce qui y colle de boue noire, ce n'est pas la mort physique, c'est cette mort bien pire que la mort, cette mort bien vive des âmes de Gogol ou de Tchekhov, cette mort vivante qui pique partout des fantômes pour qui la traversée s'est achevée dans l'arrêt, a confiné à la rive fausse, au mirage marin de l'oukase qui est la voix téméraire et sotte de l'enfance lassée du silence avant que d'en connaître toutes les vertus pour l'avancée.

Nous avons piqué une étoile dans le dais noir du monde et nous avons marché. Mais le dais est sacrément quelque chose pour celui qui ne sait de l'étoile que la peine qu'elle engendre lorsqu'elle se refuse : voilà le tout !

Nous avons abattu nos enfants en eux-mêmes : ce n'est certes pas mourir que d'être Morozova, ce n'est pas encore tout à fait mourir au regard de vivre mais c'est bien pire que de vivre en la mort comme une âme russe !

Ne plus avancer au règne physique est ce qu'il y a de plus terrible, hors la solitude, plus terrible encore, de ce mort que le paysage exsude pour qu'il prenne encore soleil et frais dans l'animation générale de la vie, comme une arête de seuil, un coin de sépulcre, un olivier de peinture tordu par le retrait de la sève dans ce paysage qui l'appelle à la course avec le vent.

Morozova ne m'est pas simplement le reproche d'une insouciance, elle ne m'est pas essentiellement le procès d'avoir mal tenu Mouche, tandis que je rêvais aux bouleaux et aux cloches, tandis que je formais des pensées de paysage pour que tout me soit un livre ou un poème.

Je l'écoute redire en quelques mots combien je n'ai pas été prudente, combien la promenade a échappé au décret du bon sens et de la conduite pratique de ces temps nouveaux de la prescription et de l'arrêt qui veulent notre bien d'après l'expérience, à défaut de l'étoile ou du fait à venir.

Ceux qui vous ont arrêté veulent notre bien, c'est ainsi ; mais je l'écris ici encore un coup : ils le veulent depuis l'expérience de ce qui fut quand nous le voulions depuis la vision de ce qui sera, cette vision profondément de l'ordre du présent du cœur, cette vision bien solide et chaude comme une étoile, cette vision si lointaine aux hommes qu'il en ont fait un livre de prière dont le verset borné les tue.

J'ai rêvé, j'ai voulu que la promenade d'Uspenka fût un poème sur le devenir du cœur dans le pays, j'ai voulu être Rousseau quand il m'eût fallu demeurer bien bergère, bien brebis ou bien chienne, campée dans la matière comme un animal qui veille depuis des arrêts arrêtés pour la veille.

Or, non, je ne suis pas ça, je ne suis ni ne veux ça !

Je pourrais dominer ma nature pour être plus mère que prophète d'instinct : ce que j'ai de la bête, c'est l'imagination de tout, voilà tout mon instinct, et si je vous écris tant, ce n'est pas que le temps de l'écriture me manquerait si je ne le prenais pas, si je ne savais pas le prendre et m'y enclore comme dans un œuf posé devant l'œuf, c'est plutôt qu'une force de bête me conduit à voir que tout au monde est joint si l'on y applique une pensée, et que chaque chose ne me vaut qu'en tant qu'elle dispose à l'imagination d'un temps pour l'homme où luit une étoile et résonne un point d'orgue.

Je ne suis pas une mère, suis-je votre épouse ?

À dire vrai, je ne le sais pas. Je vous vois, vous et Mouche, comme la permanence de saints dans mon livre du monde qui a passé les partitions du monde physique.

Je ne suis pas à ce que je fais, c'est entendu. J'ai été imprudente et voilà que Mouche est malade. Je redoute qu'elle le soit gravement. Comment le savoir au juste quand on est tout entier traversé par l'imagination d'un livre où elle le serait par cet abandon de la matière qui la distinguerait de tout le reste ? Comment le savoir au juste quand on est traversé par cet autre abandon qui est celui de l'affection captive de l'événement à quoi l'on ne peut rien s'il résout en partitions, pour sauver sa peau misérable d'événement, cette unité gagnée des choses en quoi ce qui advient et ce qui n'advient pas cessent d'être perçus contradictoirement parce qu'ils participent d'un même plan de pensée qui est le monde refait par la pensée, ce monde où l'absence de tout vaut la présence de tout, puisqu'en somme c'est vu et c'est fait depuis la vision ?

Je ne peux pas voir en Mouche une enfant malade : le fait et sa pensée me sont également étrangers.

Oui, je suis le monstre de Morozova, c'est entendu : je suis une mère qui rêvasse quand s'abat son enfant, je suis une épouse qui rêve quand l'incertitude du sort de l'époux pourrait éteindre en elle le goût de voir ce qui persiste en toute chose.

Je suis le monstre de Morozova parce que son regard de caillou, son immanence de sel et de mort réduit mon animation à la vie folle de l'idée, du rêve et du poème.

Mais cette idée, ce rêve, ce poème, n'est-ce pas ce qui affranchit le regard de Morozova de sa nécessité morte, n'est-ce pas ce qui délivre de leur gangue matérielle, comme en une déhiscence, et la fièvre de Mouche et votre silence qui promettent au lieu, comme il conviendrait à l'abomination du décret, de refuser ?

C'est dit : on ne me refusera rien. Je chargerai comme un petit cavalier romantique contre ce qui se refusera, je m'évertuerai à voir dans le refus un désordre abject de la volonté. Je veux que le monde entier et les êtres chers me soient complices et munificents. Je veux, à ma mesure et depuis cette chambre s'il le faut, refaire les choses pour que mort me soit vie, pour qu'ennemi me soit frère, pour que maladie et exil me soient promesses des retrouvailles !

C'est une discipline, une discipline du monstre, c'est une complexion et le goût d'une complexion ordonnée par la volonté et la conviction que la prophétie est en soi, qui sourdement pousse son cheval entre tours et pions et qu'il faut se disposer à entendre comme l'ange de Balaam pris dans sa rosse.

Je ne veux pas présenter ici comme un aveu ce que vous savez déjà, vous qui avez su recevoir comme une cantillation le murmure de mon espérance de bête : si je vous aime, si j'aime Mouche, c'est en tant que vous m'êtes tous deux témoignage de la souveraineté du monde refait par l'amour des êtres et qui ne s'arrête pas aux arrêts de la fièvre ou de l'exil !

Je n'aime pas qu'il y ait des fins, il n'y a pas de fin dans l'épreuve de l'ouvrage, je ne veux pas que les miens soient compris dans des termes, il n'y a pas de fin dans l'épreuve de l'ouvrage d'amour : je veux qu'un effort dompte l'effort fou de mon âme pour que rien ne meure jamais dans un ordre trouvé de l'amour !

Avril 1921.

Oh, je suis dure, c'est affreux, c'est mon tourment comme c'est ma chance… j'ai si peur que vous vous mépreniez que je veux vous parler d'amour, de cette amour-là de la chair et de l'œuf.

J'ai lu des romans et j'ai vu la vie, cette vie de l'amour. Je l'ai vue depuis l'œuf, depuis la chambre de la conscience dont je ne veux pas interroger les causes de l'animation. Je ne vois dans la conscience que ce que vous y voyez, ce presque rien nuageux que la conscience elle-même pousse à des équilibres d'instants de conscience.

Ainsi du cœur : je n'ai connu d'amour que constitué depuis une volonté de persistance de l'instant de l'amour.

Ce qui est, c'est le fait, le fait de la conscience et de l'amour et le fait du monde et je crois qu'il n'est pas de vérité précédant le fait. Mieux, je crois qu'il n'est rien qui se puisse poser comme une « raison » du fait en celui que l'équilibre rencontré du fait conduit à en interroger les abondons surprenants, ces abandons qui ne se jaugent pas à l'aune des causalités et des fins absentes mais à l'aune de leur disposition à former des formes de l'observation.

Le néant n'engendre rien, rien du tout, Shadrin, c'est de la postulation des formes que procède cette effusion pure, cette gigue affolée qui n'est pas l'origine des formes mais leur faiblesse, leur distraction, leur excursion, leur lâcheté et leur déréliction. Ce qui n'est rien est seul et trouve dans son néant imaginé de quoi satisfaire son goût de la conjugaison, son désir de faire écho !

Il n'y a rien avant la volonté que soit une chose, une chose formée.

On n'aime pas avant d'aimer durablement, avant de persister dans l'amour, on n'aime pas après avoir aimé, on n'aime pas par abandon du projet d'amour ; et ce projet, qui est un fait ou un poème, est toute chose en l'amour.

Il n'y a au règne amoureux que de la forme d'amour répercutée comme une promesse tenue ou bien, c'est selon, comme un abandon, comme une désertion du facteur de forme.

Vous m'objecterez que la raison de cette forme ou de cet équilibre objecté de la conscience est le mystère.

Et je vous répondrai alors au titre de la vie, de la vie vivante, du phénomène pur dont l'engendrement me semble, toujours, si loin qu'on repousse la station du commencement, procéder de soi, d'une intelligence qui vient.

Car il n'y pas de sujet de l'engendrement : l'engendrement est un ordre contrarié par l'ordre même :

je ne vois dans la matière intime, je ne vois dans la nature du dehors, que des ordres engendrés en soi, des ordres d'objet et ces abandons de l'ordre qui en préparent ou qui en préfacent la gloire d'avènement.

Le livre du monde, c'est le monde, le livre, c'est le livre ; et s'il est un auteur, il ne me semble en rien nécessaire à ce que vive pour toujours l'ordre engendré jusque dans ces faiblesses, jusque dans ces évanouissements où nous sommes convoqués à le comprendre, à le recouvrer, à le ressaisir, comme une compagnie de réserve en alerte.

Le mystère, c'est le mystère, le mystère fait comme un objet.

S'il est un dieu, il n'est pas nécessaire à ce que soit pour toujours sa forme, et j'ose écrire ici, devant tous les feux des ciels de Jean de Patmos, que d'un Dieu qui n'est pas nécessaire, je n'ai pas nécessité s'il se peut que l'âme conçoive qu'un dieu sans nécessité soit concevable en raison.

Je suis dure, je n'ai pas de cœur, dans cette mesure-là, je ne suis pas très « femme » : je ne crois que dans l'aspiration des formes ordonnées à ne pas céder à la tentation de s'en remettre à un néant excogité par la solitude du faible.

Je ne juge pas, je n'agis pas, je n'aime pas en faible : je ne suis pas de ces êtres qui remettent à tel « autre temps » de la légende l'engendrement de l'ouvrage pour s'en repaître en faible, en écornifleur, en parasite !

Je veux entretenir en moi, câliner comme mon trésor, cette force de l'équilibre trouvé qui m'intime de m'y rendre toujours. Ce que j'aime, c'est le grand amour, sans condition, celui qui s'engendre de soi, celui qui est sans nécessité autre que la sienne, qui n'intéresse qu'en tant que soi. Je veux être une Romaine qui aime en Grecque avec l'obstination du paysan russe !

Alors je suis dure, peut-être, à vos yeux ; et si tel est le cas, cela me cause du chagrin mais c'est ainsi.

Vous vous dites peut-être que je n'ai pas d'amour pour vous en tant que vous êtes particulièrement aimable, en tant que vous l'êtes singulièrement.

Vous vous dites peut-être que je n'aime Mouche que comme je vous aime, pas en tant que Mouche, pas en tant que cette clôture boudeuse de l'œuf alité et dont le front bout sous la coquille comme une lave qui veut tant participer au grand jour qu'elle en exaspère les attributs pour s'inviter au bal dans quoi elle valse seule.

Alors vous vous tromperez car je n'aime que vous, car je n'aime que Mouche.

Je puis le dire vraiment, moi, votre femme, parce que je ne déteste rien tant que votre finitude, parce que je ne redoute rien tant que votre terme, votre départ, vos silences, votre absence, ce qui de votre monde clos échappe au mien comme tout ce qui est fini éprouve la pensée qui veut que tout soit de toujours, pour toujours et partout ! Je vous aime plus que tout, précisément parce que je suis dure à l'épreuve de la division de l'ordre et du temps !

Je suis méchante, je suis une brute, quand l'ordre général de l'amour se prend de soi-même dans les pièges de cette relativité qui l'épuise parce que, pas davantage que Dieu ou le décret, elle ne place les choses où elles doivent être « en vérité ». Ce que vous êtes et qui est ma limite, ce que vous êtes et qui dégoutte dans tous mes jours comme une suée de l'absence, ce que vous êtes et qui est l'attribut captieux de ce que vous êtes, je n'y vois, moi, votre femme, que le temple de mort, le caveau de l'amour vivant toujours vivant que vous tenez de moi, que je tiens de vous, dans un ordre qui engage la volonté à penser toute la forme du monde comme un ouvrage à faire, un équilibre à trouver, une germination de toujours à machiner sur la terre !

Je n'aime pas l'amour à travers vous, je ne vous aime pas à travers l'amour : je vous aime et j'aime Mouche parce que vous êtes la mesure, l'arpent dépassable de l'amour même.

Je n'aime ni des êtres ni des principes, j'aime l'exhaussement des êtres dans les principes, leur éternité travaillée par une conjonction des volontés de faire échec à ces distinctions qui sont la faiblesse et comme la maladie du temps.

J'aime que vous soyez exhaussé dans l'amour, j'aime que l'amour s'exhausse de vous, j'aime que

vous soyez l'amour même, pas comme une allégorie :
l'amour même !

Je suis dure et je suis méchante pour mieux débusquer, où elle gît en moi, la persistance de ce à quoi je suis douce et fidèle. Je suis dure à l'abandon par l'amour de formes qui font justice de sa souveraineté puisque, sous couvert d'amour, elles crèvent l'amour de bornes de l'amour, de morts d'amour.

Je suis dure à ces formes de l'amour qui rendent tout leur jus de ses limites, de ses bornes, à ces formes de l'amour qui sont serviles aux dimensions de l'être singulier. Je n'aime pas en vous l'amour que j'éprouve pour votre « personne ». Et je n'aime pas davantage cet amour que j'éprouve pour la « personne » de Mouche. Je n'aime ni en vous ni en Mouche cette voix terrible du corps physique qui m'intime d'aimer ce qu'il m'est donné d'aimer d'amour par le monde fini !

Je ne l'aime pas en moi, cette voix, et je déteste qu'elle émane de vous comme un mirage ou comme un mauvais rêve dont, que vous le voulussiez ou non, vous êtes la source physique !

Je puis vous le dire dans la distance : je n'aime pas ces effluves de votre corps d'absent qui rapportent l'amour à la terminaison de choses terminées. Je n'aime pas que votre corps physique sente la corruption dernière d'un terme de l'amour qui est, à mes yeux, le terme de tout quand je veux qu'il n'y ait de terme en rien, dans un ordre ou dans un ouvrage parachevé de la volonté.

Vous aimerait-elle, cette femme qui goûterait que vous fussiez mort, toujours mort, mort à chaque instant à ses embrassements comme une asymptote ou la coupe de Tantale ?

Aimerait-elle Mouche, cette mère qui reconnaîtrait comme justes ces reports d'embrassement de chaque instant où l'être fini se refuse comme appropriation de l'amour ?

L'amour vrai, l'amour tout vif, ne réside pas dans telle source du monde, il n'est pas l'artifice de la propriété amoureuse, de l'attribution de l'amour à tel corps particulier du monde.

Je vous aime parce que vous êtes tout l'amour en chacune de vos émanations, parce que vous êtes singulièrement l'ampleur inatteignable de l'ordre de l'amour, comme un verbe, comme un verbe personnel dont la misère de la personne est l'abandon de mort.

Je vous aime d'un amour sans condition parce que vous n'êtes pas une condition d'amour, voilà le tout.

Je ne suis pas dure, je vous suis douce parce que mon cœur rapporte l'amour à l'amour et que cet amour, c'est vous personnellement si vous êtes là, toujours, inconditionnellement là.

Je ne suis pas née pour me déclarer, je cherche davantage que je ne pose.

Je ne veux penser de conditions que préparatoires, Shadrin : la condition, c'est la mort toute crue.

Je suis dure aux termes, je suis dure à ce qui est borné, je suis la furie qui blesse ses poings contre les portes du temple pour qu'une lave dure à tous les termes s'en échappe comme de la gueule du bon Moloch d'une bonne Canaan.

Et mieux : je suis cette furie qui fait le temple pour ça, je couve mon augure pour l'abattre dans le dos comme un blanc, comme un cosaque, je suis l'hypocrite, l'escobar, le Judas de l'augure : je le regarde poser son clos, je veux qu'il le pose, je l'y aide à toute force, je suis sa servante sournoise quand il déchire le ciel et la terre avec son bâton de mort. Je veux qu'un temple soit, parce que de l'ordre que j'attends et que je fais, j'entends qu'il soit très exemplaire.

Moi, je veux bien vous aimer en bourgeois, je veux bien aimer votre personne, votre temple dans la vie : vous serez vos épaules, votre port et votre marche. Je veux bien aimer votre petit clos de terre et de ciel. Mais si je le veux bien, c'est en épouse rouée car je le veux bien pour ne le plus vouloir du tout, au bout d'un épuisement de serf. Je le veux bien pour pouvoir vous dire tout bonnement, dans un souffle, que ce n'est pas cela que j'aime mais ce dépassement en vous de toute la limite personnelle qui vous rapporte à l'amour ou qui est l'amour même mis au monde dans votre clos pour correspondre à l'intelligence de l'amour sans condition, et puis pour y contraindre.

Vous me lirez, vous me jugerez. Vous jugerez par exemple s'il est convenable qu'à l'exilé, qu'au reclus, qu'à celui que l'on tient retenu dans un département du monde, je ressasse mon affaire d'accomplissement du monde à faire d'après la pensée.

Ou bien non : vous me concéderez qu'il faut être bien épouse, épouse tout à fait, pour tirer intelligence de l'amour même de l'amour d'un être.

Cela vous est dû, c'est aussi pourquoi je vous aime : vous êtes aussi puissamment à votre affaire qu'absent à toute chose finie, quand vous êtes là. C'est vous, cela, et cela m'a séduite parce que, pour moi, je ne suis jamais là où je suis, sans doute parce que je suis déchirée d'ambition pour la fin, parce que je veux que la fin, ce soit la larve ou le bourgeon, parce que je veux que l'ordre atteint soit vraiment celui de la fin des termes.

Nous aussi, comme Makarian et Morozova, nous nous sommes trouvés : nous rapportons toute chose relative à des absolus qui sont sa superbe et sa germination pratique.

N'ayez à mon sujet aucune pensée triste : je suis votre femme et je vous aime, depuis l'indéfectibilité de l'amour dont vous êtes le contraire du terme mais la preuve renouvelée, la reverdie, le printemps, le pas tranquille.

J'ai profité des reproches de Morozova pour glisser une question sur vous. Voyez combien je ne suis pas une femme faite : je suis tout entière faite de mon ordre, je prétends à des abolitions de temps comme une forcenée très hérétique et voici que la peur m'a prise de l'annonce de cette nouvelle que je redoute !

Je suis un oiseau, une cervelle d'oiseau, une vraie péronnelle, je vous donne raison. Du moins je suis l'effort de l'émule, mon homme et mon ami, l'effort de ce qui lève avec une idée en tête qui l'éprouve…

Morozova ne sait rien, elle n'en sait pas plus que Makarian, elle a eu des airs de franchise et peut-être même de proximité de femme lorsqu'elle a redit cette histoire de « l'est ».

Ce qui semble assuré, c'est qu'on vous a emmené : on ne parle « d'est » en Russie que pour désigner l'Indus d'Alexandre, le bout du monde conçu…

C'est entendu, vous êtes au bout du monde, je vous en aime d'autant plus d'être autant de latitude et de jugement bon, là où nous demeurons.

Je n'ai pas osé demander si l'on vous passait mes lettres…on aurait ri d'un rire trop redoutable…

Avril 1921.

Makarian m'a conduite ce matin au commissariat. J'y ai retrouvé l'idiot Dolguin et quelqu'un que je ne connais pas, Gushev, un type puissant et lourd comme une montagne qui n'a rien dit tout le long.

On me parle de vous, cette fois, mais on n'en parle pas comme je voudrais qu'on en parlât. On me questionne sur le document de votre poche et sur ce que vous pensez de Lénine.

Mais on ne dit rien de votre sort.

Je serre par le dedans les manches du manteau, il m'est bien difficile de ne pas dire de la lettre qu'elle n'est pas de vous, Shadrin, que vous n'avez dit que vous me l'aviez dictée que pour me tirer d'affaire !

Or, que disons-nous, moi qui me bornais à penser droit, vous qui, pressentant que je pensais droit contre le droit, vous êtes dénoncé pour me sauver ?

Qu'avons-nous fait sinon dire notre fait de camarade comme nous l'avions appris de nos pères nouveaux ?

De la lettre, je me souviens mot pour mot : je m'y interrogeais à votre intention sur le nouveau pli de la révolution, sur ce soupçon de chaque instant dans lequel nous vivons, désormais, et qui, précisément parce qu'il contraint les corps à ne pas faire obstacle à tous les corps, au corps de l'ensemble des corps, ce qui est bon, connaît désormais aussi cet esprit pour lequel l'ensemble des corps devrait être conçu et vécu comme le produit d'un effort toujours renouvelé de la pensée.

J'entends que nous avons à accomplir l'effort d'abattement d'une solitude des corps afin de porter sur les fonts baptismaux, depuis le monde, dans le monde et son mouvement, un ballet fraternel.

Et je m'interroge sur ce qu'une pensée arrêtée, confinée par le décret, peut retrancher à l'ouvrage de conception, d'entendement qui sauve, mené pour les hommes, pour tous les hommes.

Je crois que Lénine sait ce qui est bon et je crois qu'il le sait depuis la latitude que sa pensée recèle et cultive pour les hommes.

Mais je ne crois pas que Lénine puisse refuser à la pensée commune d'accomplir son petit travail d'achèvement du plan général de la vie nouvelle, ce petit travail acharné qui n'est pas le contradicteur du sien mais son report dans les parties de l'empire des corps transcendés par la résolution de l'avenir dans un nouveau monde dialectique.

Nous avons certes à martyriser ce corps et cette pensée qui pensent depuis soi dans une nuit de pensée où le fanal du frère n'a pas davantage ses entrées que la fabrique dans le parc du domaine du maître ou le serf dans son salon, la bête sensible dans ces lieux où l'on sent que tout vient tout cuit au monde.

J'espère en Lénine parce que ce qu'il annonce de l'homme est une paix de toujours qu'une source abonde, cette source charnelle et inexorable de la confluence.

Mais je sais de ses prophètes qu'ils ont mis le temps aux arrêts et que si c'est de nature à contrer la dureté obtuse des corps veufs de l'ordre bourgeois, cette dureté sans portée d'affluence avec quoi le monde court à la misère de l'exténuation et du désordre cruel, si c'est de nature à enseigner la nécessité matérielle, la nécessité pratique de cette confluence dialectique qui est la nourriture et la dignité de la pensée des hommes, c'est aussi de nature, si l'on n'y prend garde, à faire distinction, département, singularité brutale, arrachement d'un ordre fini contre tous les ordres.

Nous voulons un ordre des ordres, un temple des temples qui n'est pas même un temple, qui est la physique ou la matière même ; et c'est à ce titre que nous voulons que le désir des corps et des âmes singulières soit contraint par une dialectique qui s'apprend dans l'épreuve, qui apprend de l'épreuve, qui soit un arrêt transcendé par tous les arrêts possibles.

Nous attendons de l'ordre nouveau qu'il soit un organe vivant, vivant de la pâte de la matière sans classe, et cela suppose que nous soyons nourris de questions, du tourment très vertueux des questions, de l'épreuve de la question assignée au pressentiment de l'ordre et de la paix qui préface tout.

Nous ne comprendrions pas, et Lénine ne comprendrait pas, qu'il y eût une portée nouvelle, une borne nouvelle à ce branle éternel de la pensée qui va vers le but patiemment pour poser un équilibre sur les choses depuis la gloire de l'équilibre patiemment retrouvé.

Nous cherchons, nous n'avons pas trouvé, nous ne voulons pas, tout à fait comme des prophètes, voir advenir dans le décret ce qui n'a pas encore fait l'épreuve de la vérité de tous les hommes, de la confluence de toutes les vérités humaines.

Il faut bien de la patience à l'enseignement de l'avenir, il n'est pas cette leçon morte, lestée d'un sceau, dont nous avons voulu faire le procès pour dire la gloire et la beauté d'un mouvement de l'homme vers soi.

Il ne faut pas interrompre la marche de l'idée avant qu'elle ait trouvé sa forme juste dans le monde.

Nous voulons, avec Lénine, que la beauté du monde soit la conquête patiente du grand fleuve abondé, comblé par toutes les formes arrêtées du présent.

Nous ne voulons plus du nom, de la classe, du département, de l'autorité de la clôture, de la borne, du terme, dans ce fleuve qui va refaire le large.

Oui, Shadrin : nous sommes le grand débord d'un fleuve qui va refaire le large après les terres !

Nous voulons que le temple cède sous le boutoir commun qui est sans nom, sans classe, sans tendresse aux confins.

C'est notre devoir de communiste que de faire la majesté du fleuve et nous avons ce flambeau de l'immensité russe pour preuve de ce que la tâche est immense autant que la nature et, comme la nature, sans terme connu qui ne soit de pensée.

Voilà la prophétie, voilà le faux prophète, voilà le bonheur et voilà la misère : tout nous est donné dans la rencontre du projet du monde sans fin pensable.

La révolution achevée, c'est l'éternité conquise de la pensée du nombre.

La révolution vivante, c'est l'immensité délectable de cette pensée qui, loin de se refuser à elle-même, s'engage toujours à s'engager dans la confluence des pensées.

Nous voulons bien d'un ordre mais d'un ordre en révolution sur soi, toujours. Nous ne concevons d'ordre que mû toujours et grossi par les glaciers du principe de la pensée commune.

Que serait un ordre arrêté sinon un clos de plus dans la matière enclose sur ses clos ?

Je ne revendiquais pas, dans notre lettre, telle latitude de penser, de penser mal, par exemple. J'y revendiquais sans excès, sans outrance, en communiste, ceci que la persistance en soi de la pensée commune était l'ordre et que cet ordre n'était pas contre l'ordre mais bien la suprématie sur tous les ordres d'une pensée commune qui condamnerait comme vanités et comme formes mortes tous les ordres du devenir !

J'y revendiquais un devenir de la pensée, un devenir pour qui c'est le mouvement dialectique de la pensée disputée, empruntée et rendue, refaite et qui refait, cette clé de l'ordre humain, de ce progrès comme un fleuve russe, dont on sait qu'il persiste dans le temps même où l'on sait que, toujours égal parce que toujours autre, il est cet ordre même du devenir de confluence !

Comment voudrait-on donc que nous fussions communistes en pensant un terme du monde à couvert d'autres confins « pareillement autres » ?

C'est l'homme et c'est le devenir et c'est toute la nature qu'il faut refaire, non depuis l'incendie, le déluge, la nuée d'insectes, la fusillade ou je ne sais quelle humeur de surplomb de foire ou de néant naïfs et futiles comme des enfances, mais depuis la confluence des pensées dans une pensée étale et glorieuse qui va toujours à cette mer à quoi elle se mêle pour que des courants de la mer profonde irriguent toujours, pour toujours, cette petite pensée de principe qui est l'ouvrage de l'autre en ceci qu'il le console de la solitude comme on console d'une injustice ou d'une fausseté injuste, au regard de ce qui est !

Comme je vous écris, je sens que cette pensée dont je fais une lettre qu'on vous fera passer, peut-être, est l'effort enfant d'une pensée qui est un fleuve aussi, à sa mesure, qui ajoute au cours opiniâtre et turbulent de ce fleuve qui va dans les vents séminaux, une pensée non pas raisonnée mais consolée d'erreur.

C'est une petite anatomie de pensée couchée sur le papier qu'on me concède encore et qui travaille du dedans pour être un corps dans la pensée, bien disposé à être du corps tumultueux et un du monde.

Je ne veux pas seulement que vous y entendiez ma voix, cela me semble donné puisque je vous écris tout bonnement comme je vous parlerais, me reprenant, précisant, ordonnant, pour échapper à l'erreur en quoi consisterait le fait de poser trop vite l'idée, de ne pas la laisser se faire voie dans son cours qui est celui de toutes les pensées.

Je ne veux imposer à votre fatigue, à votre ennui, au temps que le temps fini vous alloue comme une chambre pour me lire, aucun arrêt, aucun décret, aucune circulaire, de pensée.

De ma pensée, vous saurez tout le mouvement, il vaut ce qu'il vaut mais il est un mouvement qui refuse au mouvement de s'interrompre pour poser une borne devant votre jugement.

Je ne sais au juste ce que j'écris, cela va depuis soi, j'engage un courant et ce courant, comme un sourire posé devant l'esprit, me convoque à mieux dire sinon à mieux penser. C'est du mouvement même de ma pensée, pas de ma pensée mais de son mouvement, de son mouvement objecté, que je tire ce que j'écris. Ma lettre est un visage confiant qui interroge et auquel je réponds. Je suis tout entier le mouvement de la lettre, la lettre objectée est ma principauté. Je fais sans cesse retour dans la pensée pour satisfaire la lettre.

Je ne pense que pour ce qui ne m'appartient pas tout à fait puisqu'il est devant l'œuf comme tout ce qui est du monde.

C'est cela qu'est devenu ce petit ouvrage d'écriture qui est aussi tout mon travail d'épouse, par la force des choses.

Je place au-devant de moi le visage confiant d'une pensée, ce visage est le vôtre, par exemple, il est le vôtre décidément, et il contraint la lettre à être mieux qu'un ordre, une raison de la pensée : il contraint la lettre à être la pensée même, quand elle ne cède pas à ses termes.

Ce visage est aussi celui de Lénine : ce monde que nous refaisons devant Lénine, nous le refaisons bien devant le visage du monde à venir dont le sourire châtie et console et veut que le monde détermine le monde à persévérer en soi comme l'origine des questions.

J'ai le visage de tous les prophètes devant moi, objectés dans l'ouvrage de la lettre comme un vent debout qui ne contredit la pensée galopant à sa rencontre que pour qu'elle ne désire pas le terme, par cette faiblesse qui contraint le temps aux confins paresseux de la tête, du cœur et de la voix.

Vous trouverez mes lettres bavardes, vous les jugerez pleines d'elles-mêmes ; leur halètement, leur souffle emporté vous abrutira peut-être, j'en prends le risque : il se peut aussi que vous y voyiez le fait. C'est le souffle de la lettre et de la pensée objectée qui inspire, c'est la respiration tranquille de l'icône qui confère mesure au souffle de la foi.

Je veux que le don de ma pensée gourde rencontre l'ordre de cette pensée même dans une face secourable qui souffle sur la plaie de la pensée affolée.

Le galop des douze tribus d'Israël, c'est le souffle du monde résolu dans la certitude d'une vocation qui le pousse et qui le mène : je veux penser les choses devant une pensée de vous qui est l'ordre même de ma pensée, objecté dans la lettre.

Ce qui est, c'est ce qui est fait, c'est ma lettre. Et si je suis bien celle qui écrit, je ne suis pas sa suzeraine et elle n'est pas l'attribut déporté de ma pensée : elle est cette pensée même qui exige comme une sainte face.

Bien sûr, l'ordre adviendra puisqu'il est déjà advenu dans cet objet tiré de pensée, dans cette idéation qui me gouverne. Je vais chaque jour à la rencontre du visage et de l'ordre exact de ma pensée. Je vais en épouse à la rencontre de celui qui n'est pas tout à fait l'autre puisqu'il est le visage objecté ou le vent debout de mon amour même, de mon amour juste, de la fin des fins de mon tourment d'amour !

Mouche, c'est vous et vous êtes Lénine : vous formez, devant la pensée, un corps de pensée qui oblige la pensée quand elle la contraint. Vous opposez à ce que je sens ce que je sens, ce que je pense à ce que je pense.

Vous êtes mon épreuve, mon flambeau, ce que je suis dans l'ordre des faits, de l'équilibre des forces retrouvé.

La décision que vous avez prise de vous dénoncer au tchékiste, comme on avait fouillé vos poches, cette décision d'animal qui aime et qui sauve, je ne peux pas vous en faire reproche. Et en même temps, je ne peux pas vous en savoir gré. Vous n'avez pas été juste, étant cet amour-là d'une bête qui sauve sa portée comme Thétis l'enfant Achille, jusqu'à la flétrissure commune.

Je ne puis pas vous en faire reproche : vous m'avez tirée d'un guêpier sûr, et vous avez conçu que Mouche ne pouvait pas aller dans la vie qui nous est faite sans moi. Vous avez été un père, un père animal qui prend sur toute son envergure physique de père et pour sa nichée, le coup porté par le monde des angles qui blessent et des arrêts qui lèsent.

Comme vous me tiriez d'erreur lorsque nous disputions de telle ou telle condition de chose ou d'idée, vous avez usé comme un homme de votre surface d'homme pour me faire un couvert contre les coups de cette vérité dont je ne veux jamais tout à fait pour moi et qui se vengerait durement, qui tirerait assurément une vengeance dure si vous n'y faisiez pas obstacle.

Quelle épouse ferait reproche à son époux de la préserver, au titre d'un amour sans pensée, des coups d'une fortune qu'elle entend, de toute la force de l'âme, méconnaître pour tout concevoir à sa mesure, cette mesure qui est sa force et sa faiblesse insignes ?

Je prends mon risque, je cours ma lande, j'aborde ma nuit avec de grands gestes dégingandés de l'âme, c'est ainsi. Et puis je suis châtiée. Et ce châtiment, vous me le rendez plus doux en en prenant pour vous la part irréductible.

Vous êtes un époux qui sauve, vous ne pensez pas plus avant, quand l'ordre aux abois griffe et déchire en ours abattu et qui applique sa force à nuire encore à la meute.

Encore un coup, vous me jugerez dure mais je vous le reproche aussi car vous avez menti et, par ce mensonge, vous avez couvert d'un voile de ténèbre une pensée d'enfant juste, une pensée à qui l'épreuve eût peut-être été secourable autant que vous l'avez été.

M'eût-on donné tort en me martyrisant, en m'ôtant à l'enfant et à l'époux, j'aurais peut-être eu la force de dire mon fait jusque dans l'exil et la mort. Vous m'avez encouragée, en vous imputant ce qui m'était en propre imputable, à m'en retourner à la petite pensée relative des jours, à m'exiler en moi-même dans un silence parti de travaux vains. Je n'ai pas pu défendre, devant la mort, l'arrêt de la mort, le décret de la mort, devant la pensée finie, devant la pensée achevée par faiblesse, cette idée modeste que nous ne sommes pas communistes pour que l'extériorité cruelle d'un ordre pratique succède à la transcendance maniaque d'un ordre magique. Il se peut qu'un instinct m'ait conduite à vous confier la page arrachée à mon carnet de pensées afin qu'elle tombât dans les mains du tchékiste et que je sois, pour ce que je suis, pour ce que je sens, pour ce que je pense, le corps contrarié qui s'exhausse, qui se lève, qui fait front et qui s'éprouve dans la querelle fraternelle et le rappel de l'espérance commune.

Vous avez été l'animal bourgeois qui garde du grand large, cela vous a pris comme une maladie ancienne dont le symptôme est une part du bon sens de l'action dans la vie qu'on nous a faite et vous avez été trop peu communiste puisque vous avez, si peu que ce soit, refusé à cette vie faite d'entendre le pépiement de celle qui entend la refaire, comme Lénine, avec la confluence toujours renouvelée des pensées !

J'entends qu'il y a loin de la pureté de cet ordre du courant que le parti machine à la prophétie, à l'ambassade de ces bras armés qui gardent le courant du reflux.

Mais l'exigence du témoignage est notre vertu et notre mire : si le bras armé du tchékiste garde d'un retour sur terre de la ténèbre ancienne, la pensée nébuleuse du témoin qui s'ordonne dans une pensée écrite est cet agneau de Pessah qui garde le toit du monde de l'averse de la ténèbre.

Nous sommes tous à l'épreuve, tous au combat de corps ou de pensée : comment jugerait-on l'épouse qui chiperait et enterrerait nuitamment le fusil de l'époux pendant sa veillée d'armes inquiète ?

Mais nous sommes une même voix, vous me formez comme je vous forme, nos pensées sont un courant dans le fleuve, vous m'ordonnez et j'ordonne votre ordre, nous sommes un amour qui procède de deux ordres et qui les tient à la longe. Alors je sais que vous parlez pour moi.

Je vous en prie, dites, où vous êtes, tant que vous le pouvez, que nous voulons le fleuve, le courant, le limon, la fertilité de ce qui a passé l'enfance de tous les mondes finis et de cet homme qui est, de l'homme, la limite accablante.

Avril 1921.

« Zinaïda Shadrina » : vous êtes juive ?

Son sourire est un ove de sang noir dans la gueule russe et fauve. Je n'ai pas de doute : il y a de la férocité, du soupçon et de la morgue. Tout cela arrangé dans une bête.

Je le suis, Piotr Andreevitch, je suis juive.

Et vous vous croyez quelque chose.

Moi, je ne me crois rien du tout, Piotr Andreevitch, mais il semble que vous, vous me croyiez quelque chose.

J'entends : vous vous pensez élue, vous vous pensez élue et vous me croyez, moi, moins élu que vous parce que vous êtes élue.

Je ne me tiens pas pour élue, Pior Andreevitch, pas davantage que vous n'êtes vous-même devant moi l'élu de quoi que ce soit.

Je suis votre Pilate, c'est ça ? Vous tenez votre Pilate, vous êtes venue me toiser, avec votre goule satisfaite de juive. Croyez m'en : vous n'aurez pas toujours cette bonne tête satisfaite-là !

Je ne sais pas au juste quelle tête vous m'avez faite, Piotr Andreevitch, mais ce n'est pas la tête que j'ai ; moi, je ne suis pas satisfaite, je ne me crois rien du tout que vous ne soyez aussi bien que moi : quelle est votre question ?

Vous n'en avez pas idée : vous m'interrogez comme un rabbin, c'est idiot, rien ne vous dit que j'aie quelque question que ce soit à vous poser !

Peut-être qu'on m'en a dit long sur vous et que je veux voir de quoi il retourne en vous convoquant. Vous savez tout, vous : avant de savoir, vous savez tout, quelle merde !

C'est étonnant, ça, les Juifs, cette idée qu'ils se font de tout et qui est ce qui est, d'un coup. Je n'ai peut-être aucune espèce de question à vous poser. Pourquoi cette question ? Car c'est bien vous, Shadrina, qui avez des questions. Alors, ma foi, c'est à mon tour : quelle est votre question ?

Je me tais : la fente de ténèbre s'ourle d'un peu d'ironie, la lippe dégueule dans la bas-joue, l'œil triomphe comme il évite le mien.

Et je me tais. Vous n'avez donc pas de question : vous n'avez aucune idée de la raison pour laquelle vous êtes là, du motif pour lequel on vous a mise là, devant moi ?

Je n'en ai aucune idée, non.

Vous qui savez tout, vous n'avez aucune idée de la raison pour laquelle j'ai décidé que mon temps vous serait consacré, ce matin où il y a tant à faire pour d'autres que vous. Vous vous croyez quelque chose, vous pensez que j'ai du temps à vous consacrer pour rien ? Cela ne vous intrigue pas, Zinaïda Shadrina ?

Je vous semble si futile que je doive à mes fonctions de perdre mon temps avec quelqu'un que cela n'interroge pas du tout que je le perde pour lui ?

J'imagine que vous n'imaginez rien. Vous faites mieux : vous savez. Vous vous dites que le nigaud vous devrait tout son temps : quelle est votre question ?

Si votre souhait est que je m'interroge sur les raisons pour lesquelles je me trouve ci, devant vous, eh bien soit : pourquoi suis-je ici, devant vous, Piotr Andreevitch ?

Mais je vous l'ai dit, nom de dieu : vous êtes devant moi parce que je veux comprendre et que je suis un Gentil, moi, je ne suis pas un Juif. Je ne crois rien, moi, je ne comprends que ce qu'on me dit, moi, je n'entends aucune voix, moi, on ne m'a pas élu !

Pourquoi suis-je convoqué, Piotr Andreevitch ?

Je vous dois une réponse ?

Vous ne me devez rien.

Qu'en savez-vous ? Vous êtes peut-être celle à cause de qui, précisément, vous êtes là. Je vous dois peut-être de perdre mon temps avec vous !

Quelle est votre question, Piotr Andreevitch ?

Je n'en ai aucune, je vous regarde et je comprends mieux qu'il vous soit impossible de nous comprendre.

Qui est-ce que je ne comprends pas ?

C'est une question ?

Oui c'est une question : vous dites que je ne vous comprends pas, qui est-ce au juste, que je ne comprendrais pas, Piotr Andreevitch, vous et puis qui ?

Vous m'interrogez ?

Vous m'y avez invitée.

Je vais vous répondre mais je sens bien que vous aurez compris, vous aurez compris avant que je vous le dise. Vous vous sentez seule ?

C'est votre question ?

C'est ma réponse. Les gens comme vous sont seuls : moi, je ne crois pas en votre affaire d'élection, voyez-vous, en cette merde. Je ne crois pas en votre histoire de salut dans le salut. Je suis russe, moi, je suis élu parce que je ne juge que parce que. Il y a des raisons, comprenez-vous, des raisons !

Il bout et la masse des cheveux roux halète près des tempes.

Je ne juge que parce que : il y a des raisons ; je ne suis pas né juge des gens, moi : je suis russe ! Il bredouille. Vous me jugez alors que.

Je ne vous juge pas, je voudrais tout bonnement savoir de qui je ne suis pas comprise.

Cela ne vous saute pas aux yeux ?

Non, Piotr Andreevitch, cela ne me saute pas aux yeux et cela me peine.

Cela vous peine de n'être pas comprise par ces gens dont vous n'êtes pas comprise ?

De quels gens parlez-vous ?

Vous ne voyez pas que nous n'en pouvons plus, nous, de votre mépris et de vos idées lumineuses ?

De mes idées ?

Ne faites pas l'imbécile, ne faites pas l'enfant, merde ! On sait ce qu'il y a lieu de savoir, il y a des rapports sur vous, votre mari, son ami Zolem, cette outre-là.

Les gens comme vous sont seuls, ils se croient les seuls, ils sont seuls, vous ne vous mêlez pas à nous, vous pensez devant nous, vous pensez pour nous, ça a assez duré. Que pensez-vous au juste que nous sommes, que pensez-vous que nous voulions faire ?

C'est une question ?

Ce sont des questions. Ce sont des questions que je me pose, quand je vois que vous jugez parfaitement naturel qu'on vous convoque quand on a tant à faire pour nous garder de tout.

Ce sont des questions que je me pose quand vous ne dites rien, quand vous êtes devant moi comme quelqu'un de bien assuré de ce bon droit que nous allons vous refaire en grand !

Vous êtes en colère : quel est votre tourment ?

Je ne vous ai pas convoquée pour vous interroger, Zinaïda Shadrina : vous avez une fille ?

Vous savez que j'ai une fille.

Je sais que vous avez une fille : parlez m'en.

Je prends soin de dire de Mouche ce que j'en saurais si j'étais Piotr Andreevitch. Cela ne m'est pas un effort : j'en saurais sans doute ce qu'en sait le registre.

On me dit qu'elle est malade ?

Je vous concède que vous ne posez pas de question.

Tiens, vous me « concédez » : vous croyez que l'on se « concède » quoi que ce soit, de nos jours, en Russie ?

C'est la meilleure !

Vous croyez qu'on a comme ça son petit tréteau et des cothurnes de Juif pour concéder ? Vous croyez qu'on est quelque chose parce qu'on a son petit trépied personnel ?

Il se lève et ouvre la fenêtre, il me parle depuis la fenêtre en me tournant le dos. Il fixe un point après la fenêtre.

En somme, vous avez une enfant malade dont on me dit que vous l'avez laissée aller dans les taillis. Vous ignoriez qu'on ne laisse pas les enfants aller comme ça dans les taillis, au printemps ?

Par la fenêtre, des suies travaillent un globe rosâtre et, croyez-moi si vous le voulez, je n'écoute pas Gushev mais je regarde ce qu'il regarde sur son épaule. C'est l'échappement de nuages qui m'occupe, la matinée de Perm par les traverses vertes et les linteaux aux anges.

La pâte absurde des éléments triomphe de tout, je ne sais plus très certainement où je suis, le dossier aigu ne gêne plus, je n'ai ni chaud ni froid, plus de fourmis dans le dos, sous votre manteau.

Nous nous taisons, lui et moi.

Il dit mon prénom, le prononce distinctement plusieurs fois, de plus en plus doucement.

Zinaïda, Zinaïda, Zina.

Nous aimions beaucoup votre mari. Nous avons perdu un être cher.

Je fais silence.

Prenez une cigarette sur le bureau, dans la boîte.

Je prends une cigarette.

Pourquoi faut-il que vous alliez toujours devant, vous, les Juifs. Il faut être patient, vous n'avez pas appris la patience, avec votre élection : c'est tout cuit, tout est toujours tout cuit, vous marchez dans votre désert tout cuit et nous, nous vous suivons n'est-ce pas ?

Je fais silence.

Vous avez du feu ?

Pardon ?

Vous allez à votre salut et nous autres, nous ne saurions pas où nous allons : c'est ça, pas vrai ?

Il est devant la fenêtre, ombre puis soleil, ombre puis soleil, puis l'ombre.

Ce machin-là est un briquet : allumez-moi cette cigarette.

Je pousse sur les jambes vers le bureau : c'est un petit lion de laiton qui rutile et dont je brise le cou pour trouver la mèche, un souvenir de lion comme ceux de Byzance ou d'Assour. La flamme sourd bien droit des entrailles.

Vous connaissez le désert, Zinaïda Shadrina ?

Il est toujours face à la fenêtre, les mains jointes dans le dos après les manches vertes qui baillent.

Je vous demande pardon ?

Je suis coincé ici comme un imbécile, le croyez-vous, à redresser des gens qui sont comme vous, des chiées de gens comme vous à qui l'on ne pose que des questions dont on a la réponse et moi, ma petite dame, je rêve de connaître les déserts, les bons vieux déserts des civilisations. C'est ça, Zinaïda Shadrina, mon drame à moi. Je suis comme vous, je marche droit devant mais ce n'est pas une idée que je me fais de mon salut, c'est que je veux n'avoir sur moi qu'une chemise, à travers des cours et des places débarrassées d'hommes, pour voir « comment c'est ». Je suis comme vous, je veux être à moi-même ma question, vous comprenez. Je n'ai aucune question à vous poser, Zinaïda Shadrina, je sais ce que vous faites, on sait tous, ici, ce que vous faites, on sait tout le mal que vous voulez à ce que nous faisons ici, vous et votre clique de Juifs. Mais j'ai pour vous l'admiration de l'amateur des déserts et des exodes. Il me semble que je vous ai convoquée pour écouter votre silence et vous entendre me parler un peu du désert. Qu'est-ce qu'un désert, pour vous ? Pour moi, ce sont des temples et des palais débarrassés d'hommes où paissent des bêtes couronnées, des chapiteaux où j'ai à la fois le ciel et la terre, tout ce qu'il y a d'un coup, parce qu'il n'y a rien, Zinaïda Shadrina, rien de rien, madame ma Juive : tout a foutu le camp voir ailleurs !

Comprenez-vous qu'il n'y a rien après cette ville idiote et ces cheminées, qu'il n'y a rien que la terre, le ciel et le soleil quand il veut ?

Je le comprends.

Vous avez le front de me dire ça, vous qui nous rappelez le jugement personnellement, vous qui êtes le jugement de ce qui a foutu le camp ?

J'étais architecte, avant octobre, vous l'a-t-on dit ?

Je ne vois plus personne.

C'est votre chance. Moi, j'en vois, j'en vois, et tous bien convaincus qu'on s'en va les juger un jour, les tondre plus ou les tondre moins pour la gloire de ce pitre aux éclairs et de sa retape et de son règne de tous les règnes qui est un autre désert où j'irais bien ronquer ou pisser, moi, si seulement j'avais le temps !

Je vous admire, Shadrina, de croire que vous comprenez quelque chose parce qu'on vous l'a soufflé de je ne sais quel désert, de je ne sais quelle solitude à grands fantômes ivrognes !

Il vous a mis dans de beaux draps, le père électeur ! Votre mari foutu, votre fille foutue... Ah, elle vous a mis dans de sacrés beaux draps, votre providence ! Vous protesterez autant que vous voudrez de votre amour de ce que nous sommes, vous resterez la fille d'un père plus mort que vif, où qu'il soit : là où je vous vois, je vois un désert, le désert d'Abraham où vous êtes une fameuse Agar avec son pied au cul pour les siècles des siècles !

Vous ne nous aimez pas ? Votre mari non plus ? Nous nous passerons de vous, nous nous passons de tout : nous avançons, nous, rien n'est dit. Vous vous foutez de mes questions, vous vous foutez des autres questions, tout est dit, n'est-ce pas, la gloire est certaine ?

Qu'à cela ne tienne, n'est-ce pas ? Vous avez pour nous un amour de Juif, nous sommes votre treizième tribu, c'est ainsi ? Nous sommes la tribu qui va, avec ses carnes et ses godasses, vous faire un temple pour le prêche et les rameaux ?

Les questions, les réponses, tout ce bordel, cela vous est égal pourvu que la fabrique tourne, de votre palais aux trompettes ?

Mais ce n'est pas Jérusalem, ici, Zinaïda Shadrina, ma pauvre amie, et nous ne sommes pas la tribu de votre père : voyez, j'ai les doigts rompus d'avoir gravé à mon tour et pour rien ou pour vous, c'est selon, les tables de la loi d'un désert de damnés !

Quand vous aurez débarrassé le plancher à votre tour, j'écrirai, je dirai ce qui est. Or, il n'est rien, rien de rien que je ne veuille, tenez-le vous pour dit !

Nous sommes la tribu qui a son horizon dans la poche, nous, celle de Samaël, la tribu sans question, la tribu sans réponse, la tribu qui fait tout ça sans attendre, le peuple sans peine et sans joie à qui l'on n'a concédé qu'un désert et des fours et des briques à arranger bien en tas pour que le peuple bouffe.

Regardez-moi comme vous l'entendez : il n'y a rien, l'espérance a bousillé la vieille ardeur, les sphynx ont un méchant plomb dans l'aile, vous ne trouvez pas ?

Vous ne trouvez pas qu'on nous a mis sur la terre pour bouffer votre père tout cru et faire après sans lui, le temps venu ?

Vous ne trouvez pas qu'on est bien plus ardemment dans les choses quand elles sont ce qu'elles sont tout franchement ? Vous ne jugez pas qu'il soit plus estimable de travailler pour celui qui seconde le travail plutôt que pour son fainéant de juge qui se tait comme vous vous taisez ?

Je me tais parce que vous parlez, Piotr Andreevitch.

Non, Zinaïda Shadrina, ma petite mère, ne croyez pas ça : vous vous taisez parce que ce que je dis est sans réplique, vous vous taisez parce qu'il n'y a rien, rien à m'opposer qui ne soit rien si je le juge utile !

Ne croyez pas ça, Piotr Andreevitch, je me tais parce que vous parlez beaucoup et que vous parlez haut.

C'est votre monde tout à fait vide qui résonne.

Non, c'est votre voix, c'est votre voix, Piotr Andreevitch.

N'est-ce pas ce que je dis ?

Je ne sais pas au juste ce que vous dites : c'est votre voix qui veut que je me taise, si toutefois je vous comprends ; et si je vous comprends, je comprends que votre voix c'est, comme vous me parlez, tout ce que je puis avoir de vous.

Voilà : il n'y a rien, je vous parle, vous m'écoutez, tout est dit. Vous n'êtes juge de rien, je ferai un rapport.

On ne laisse pas un moutard traîner dans les ronces, chez nous, c'est dit ?

C'est dit.

Juif ou pas, on en crèvera, c'est entendu ?

C'est entendu.

Voilà, je crois, Shadrin, où nous en sommes.

Mai 1921.

J'irais toutes les semaines, qu'il le voulût ou non.

Je veux entendre au juste ce qui m'importe, non tant dans la pensée de cet homme que je connais comme si je le connaissais de longtemps, mais dans ce clou qu'il enfonce bien profondément dans le bureau où il marche de long en large, râlant, tempêtant, ouvrant au passage la boîte des cigarettes.

Je veux comprendre comment il abat sa nuit qui marmotte sur ma pensée, non pas depuis une pensée mais depuis un déplacement physique qui n'est pas seulement celui de son pas mais celui de tout l'espace mesuré, arpenté, par son pas.

« Le vide c'est un trou dans le tout » dit le Talmud, vous en souvient-il ?

Comment se fait-il que cette phrase occupe toute ma conscience quand je vois marcher Gushev ? Le moyen de le comprendre ? C'est ma question, et elle est douloureuse comme la pierre de Montaigne.

Est-cela qui m'occupe, est-ce cela qui nous occupe, Gushev et moi, quand nous nous rencontrons.

Il me fait asseoir, ouvre la boîte et, peu à peu, il s'échauffe.

Je n'endure aucun interrogatoire, il ne me pose plus de question.

Il s'échine à occuper tout l'espace en traçant des cercles dans la pièce, des cercles que ponctue le claquement des bottes, le crissement du cuir des bottes. Et c'est ce mouvement même qui est la pièce bientôt, c'est cela le tout, cela envoûte comme un derviche et c'est solide, c'est le murmure solide d'une solidité. Cela entraîne l'espace mu dans un rigodon devant quoi je me tiens assise dans une étrange solidité des choses.

La scène est un roc de thymélé, le plateau est une terre mue par le pas qui s'exaspère. Tout est là, toute la fermeté du monde circonscrit par sa danse de fantoche : c'est la règle physique de nos rencontres.

J'ai, comme il tourne et s'échauffe, la sensation que cela « prend », que la pâte du temps lève comme lève l'œuf que l'on bat en neige. J'ai l'impression que son projet de faire monter en neige le tout, il le mène à bien par une activité furieuse de danseur possédé.

Cela n'hésite pas, cela n'est pas nébuleux, cela n'est plus une nuée d'objets, une disparate de bureau : cela « prend » et cela entraîne comme une vraie plénitude.

C'est comme si la toupie d'un homme, ancrée dans l'espace, le portait à révéler, par une sorte de lassitude, sa plénitude secrète !

Je ne suis plus au monde de la disparate et des formes encloses, la vitesse et le tournis de la toupie font davantage qu'enclore ces partitions parmi lesquelles je pourrais aller librement si je quittais la chaise : elle les porte vers une forme de solidité nouvelle qui est leur plénitude comme elle est leur roulis.

Le cuir crisse, la semelle frappe la dalle, la voix estompe de soi tout le sens de la parole : une dimension s'annonce. Ou, plutôt qu'elle ne s'annonce, une dimension se dévoile comme un mystère ancien au bout des rites.

Gushev est un thyrse tout vif qui fait s'ériger une plénitude recouvrée, quand il s'agite avec de grands airs et l'animation d'une mèche dans le vent.

La fenêtre est ouverte, toujours, sur notre printemps d'Oural. Mais la flamme du petit lion d'Assour ne cille pas : elle jaillit tout droit du col brisé.

Il y a du vent, c'est entendu, entre la fenêtre et la porte qu'il garde soin de garder entrouverte pour que Dolguin ne perde rien du spectacle : un courant d'air devrait réveiller les sens et la flamme.

Or, c'est ce qui n'advient pas : tout se pose et se tend avant le gain de plénitude.

Et je suis, moi, un trou dans le tout.

Entre celui qui pense et le monde, il n'y a pas cet échange léonin du néant et de la fabrique, voici ce que j'entends alors.

La vie n'est pas un vide comblé par la pensée qui serait son contentement de forme en puissance.

Gushev me le prouve en tournant comme un soufi : un peu d'animation du corps suffit à ce que les clos abrutis du monde s'éveillent et entraînent à l'envi, en ciels émules qui cèdent et qui veulent céder à une grande révélation.

Le mouvement du corps très alerte de Gushev, qui est comme une transe, défait de leur gangue matérielle les matières éparses dans le clos des formes qui sont autant de sourates sur le vide illusoire de la vie et sur ce temps menotté des jours qui est l'occasion d'une suprématie.

Il n'y pas de décor humain du vide, le vide n'est pas l'empire. L'empire, c'est le plein qu'un geste, qu'une voix, qu'une pensée, emportent vers soi et dont une vacuité enfantine de la pensée précède l'épiphanie, non comme la preuve donnée mais comme l'erreur réitérée qui pousse une vérité irritée par l'erreur à se lever pour dire son fait.

Et Gushev tourne et tourne et tonitrue. J'ai confiance : il croit que je l'écoute. Je suis bien convaincue qu'il impute à ma race ce goût du sens tiré de l'observation tapie, du sens chapardé à l'autre, à l'autre que le silence du rabbin retient à découvert.

Il se trompe car je ne cherche en lui qu'un effet. Je ne viens chercher, le plus souvent possible, que le pur effet d'un mouvement, d'une exaspération à penser et à dire qui abolit le hurlement, la phrase, la tempête des mots lancés au plafond comme des puces, comme un essaim affolé d'insectes qui vont où ils peuvent, surpris d'être tirés du nid. Je m'assieds sur la chaise et j'attends que ce qui n'est rien, le désert du bureau sans goût, galonné de soutaches « comme il faut », de choses fonctionnelles qui sont une occupation du vide, crève de plénitude parce que Gushev en brise la signification d'ornement pur comme un fléau.

L'armoire, le bureau, la chaise, l'encadrement dégoûtant de la fenêtre, la carte piquée de champignons, le téléphone, oui, tout ceci crève avec Gushev et libère la force d'une plénitude dont je suis le trou qui voit qu'il y a « quelque chose ».

Il n'y avait que le désert de l'autorité cousu de clos et voilà que l'agitation de Gushev, cette agitation sans objet, fait masse de tous les objets pour que lève la solidité de ce qui est bien mieux que l'atmosphère, puisque mon vide de conscience ne peut l'enclore en soi, le résoudre et que je ne sais plus au juste, au spectacle de l'apparition, de quelle farine est faite ce pâton de la vie dont je suis l'exception stupide.

Je suis l'œil noir de ces tableaux de Veronese qui n'est pas le signalement de la toile peinte mais le sens nocturne de cette toile, qui n'est pas l'ornement mais l'expression colorée de la plénitude qu'une nuit de la pensée observe en émule pour être, à son tour, quelque chose, quelque chose de nuit, quelque chose de silence mais quelque chose d'aussi emporté, d'aussi puissamment présent au monde que le monde, fût-il sa nuit !

Je suis la nuit du recel, cette nuit où le manuscrit confit des siècles avant que d'être lu, le moment venu de sa remontée au jour du sépulcre : le sens captif de la plénitude charnelle du monde, Shadrin, c'est moi.

Je suis le sens que l'on convie à la révélation de la totalité qui veut que, d'une nuit, on la connaisse telle.

Je suis l'os du tombeau qu'une pluie délivre de la nuit pour que la plénitude de la vie laissée tourne ou valse dans sa gloire de présence.

On fait aller le soc, on va et on vient, on creuse la matière du champ et voici que l'os ou le manuscrit, voici que le trésor, d'un coup, est dans le jour et prophétise le dépassement du champ, sa fraternité à tout l'espace cultivé. Voici que le sillon n'est pas le monde griffé sur rien mais l'attribut de ce mystère de la plénitude, de la satisfaction de la matière, qu'il irrite pour qu'elle tonne, sonnée par la griffe et le coup et la gueule, avec la voix de Yahvé ou de l'ange de Balaam : « ça suffit, je suis piqué, et tu vas me connaître ! »

Il faut griffer la terre d'une danse pour qu'elle se dispose à donner de la voix. C'est comme un père, la matière, que son enfant agace afin qu'il se lève et qui, debout comme une ombre bonne, gourmande et console en gourmandant !

Ce n'est pas que Gushev soit la révolution parce qu'il le croit : il est la révolution parce que ses révolutions d'animal en rogne contre rien qui soit clos, qui soit borné, excèdent l'espace où il valse et le conduisent à « prendre » et à « rendre » comme une farine coupée de levain !

La révolution ne sera pas la décision que nous prendrons « d'en être », elle ne sera pas ce que nous voudrons en faire : elle sera la colère bonne du poète que nos enfantillages d'enragés, de formes d'hommes incertaines, auront irrité et qui verra pour tous !

Voilà mon hypothèse, la révolution que nous menons, Shadrin, c'est cette obstination de l'enfance à chatouiller l'excès infini de la plénitude matérielle pour qu'il lui soit sévère et lui soit propice dans cette sévérité.

Nous avons voulu que le monde s'abolît comme règne des distinctions, des clos, des refus des bornes et des termes : il nous revient de le conduire à sourdre de son mystère comme la flamme du col du lion d'Assour pour notre père, pas celui de nos imaginations, de nos idéations de prophètes ou de bigots, ce père vraiment, couché dans la matière du monde et de la pensée qui n'est rien davantage que la matière du monde !

Nous sommes les enfants du monde : la grande affaire, c'est qu'il lève devant cet acte et cette pensée qui veulent en être, y étant.

Nous ne devons dire le monde que pour qu'il proteste de soi et fasse justice, enfin, de la petite architecture de broderie par quoi nous distinguons, sur ce tapis posé sur les choses, le jardin qui n'est pas la jungle, la muraille qui n'est pas l'horizon, le maître qui n'est pas le valet.

Gushev tourne et me montre du doigt et il me semble que je lui fasse don d'une attention qui lui convient puisqu'il ne me rappelle pas à l'attention.

Il a de grands gestes de farce, tire sur un bouton, torture ses poings, singe la mouette, lève le genou, plisse le front, éclate de rires faux. C'est le neveu de Rameau qui fait défiler sur le tréteau aménagé, comme un temple dans l'air empesté du bureau, la sainte famille de la société, de l'Histoire, des classes ; et je suppose que mon visage est comme lui captif d'une plénitude levée puisqu'il ne me chasse pas au motif que je lui opposerais tel ébahissement insolent.

Mais ce que je vois, c'est ce qu'il ne voit pas, ce que nul ne verrait : ce que je vois, c'est que c'est bien solide, sous le picotis du merle affairé, cette vérité matérielle qu'il picote !

Je le vois, mais je suis le trou dans le tout du Talmud, je suis le vide parce que si mon visage est emporté et content comme le complice du spectacle non pas donné mais suscité, ma conscience, mon idée, mes sens hésitent et ils cherchent la voie juste dans cet accomplissement où il n'est pas de voie, bien sûr.

Le père s'est levé et il me tance. Il tance Gushev qui a donné peut-être, des pichenettes dans son journal de père lisant.

Il se lève, il est le père ; il est le monde qui tance et qui console tançant, il est le père, très matériel et très intérieur, que son absence postulée par l'enfant irrite. Il s'agit alors que la pensée qui cherche dispose à l'amen. Il faut qu'elle se dispose à regarder le père matériel en face et à lui témoigner sa foi en la présence du monde au monde. Et ce n'est pas encore prêt, ce n'est pas prêt, Zinaïda, Zinaïda, Zina…

Ce n'est pas fait. Ce n'est pas cuit.

Ce n'est pas résolu en moi comme une parole qui fût prête à consentir devant le consentement.

Voilà très purement où niche la révolution, où se tient le communisme, Shadrin : il est dans cette plénitude de la pensée qui consent, son terme passé, à la plénitude.

Il est dans la certitude de la plénitude amène du monde matériel.

Il est tout entier reporté dans la pensée à faire, dans cette plénitude entrevue qui consent à ce que la physique ou la matière soient au monde ce qui est et ce qui lui est bon.

Il est dans la disposition de la pensée à faire, en émule, une forme de plénitude qui ne tire que de soi conscience de ce qui ne tire que de soi son tout, ses parties et sa condition concédés !

Le communisme, c'est la forme furieuse de la pensée sans classe, sans partition, sans catégorie ni condition, cette pensée, attribut de soi, qui est la bonne nouvelle du monde revenu à soi, le mauvais rêve des partitions achevé par exaspération.

Le communisme, Shadrin, c'est la pensée formée depuis soi comme le monde matériel, comme le monde matériel dégagé de ces parties qui la dispensent de se penser par l'imputation aux attributs, aux causes et aux fins, aux contingences et aux nécessités, de sa matière de forme.

Le communisme, c'est cette pensée qui est du monde, de sa matière excédant toutes ses failles, ses nuits discontinues dans le devenir !

Ce n'est pas du tout que nous mettions au monde le communisme, comprenez-vous : c'est qu'il est le monde même, le monde continu, la vie pour toujours, le printemps tiré de soi par la vigueur impassible du tournis des saisons !

Il faut revenir aux âges anciens de la présence pure et sans cause, il faut refaire ce qui s'est fait dans une volonté d'objet, une volonté de création sans cause première, sans premier principe, dans la réitération mécanique de cette poussée en l'objet d'un équilibre qui n'est pas son dépassement, sa relégation d'attribut mais sa résolution.

La divagation des clos, des astres, des galaxies, des atomes, des êtres, porte en soi une nécessité sans autre cause que la divagation, une cause immanente qui est le rappel à l'ordre paternel de la plénitude sans borne.

Il y a de l'infini et de l'éternel plein les choses finies : le communisme, c'est le fléau, la révolution, c'est le retour du grain à l'ouvrage général de germination !

Nous ne créons rien, nous n'inventons rien : nous retrouvons l'ordre ancien et sans dieu de la souveraineté matérielle.

Ma pierre de Montaigne, mon caillou qui blesse, c'est cette intempérance de mon esprit qui se fourvoie dans ses compartiments de pensée quand le tournis de Gushev fait somme toute très bien l'affaire.

Je voudrais que la marche de mes pensées s'excédât, s'extravasât, qu'elle fût virile suffisamment, suffisamment courageuse, pour se tirer d'elle-même et s'en aller rencontrer le monde en émule.

Je voudrais qu'elle fût une pensée de la pensée matérielle qui gronde, qui tempère, qui console de l'absence de pensée. Je voudrais que ma pensée fût certaine dans la certitude.

Je voudrais qu'elle fût comprise en soi, qu'elle se comprît.

C'est là mon tourment, ma pierre.

Ce que Gushev fait, je ne le fais pas.

Ce qu'il fait sans le vouloir, je ne le fais pas le voulant.

À l'heure où je vous écris, je conclus qu'il faut à chaque pensée une transe, un emballement, si l'on entend qu'elle fige et soit du monde…

Il est peut-être ici question d'énergie, de vitesse, de cette vitesse rituelle et sauvage des bacchanales de Skyros et des derviches…

Alors, cette lettre que je vous écris, c'est une lettre qui veut aller vite et fort comme un fléau.

Mai 1921.

Toute la nuit est tombée, Shadrin, Mouche est morte ce matin.

Et je n'ai pas envie d'être triste.

J'attends Morozova et ses hommes, on l'emmènera dans une heure.

Je vous écris dans le silence étonné de l'appartement où Borizov dort encore.

Gardez pour toujours l'assurance qu'elle n'a pas souffert : elle est morte hors de conscience.

J'ai serré sa main comme elle s'abandonnait. Nous avons toutes deux connaissance de vous devoir la vie et cette mort venue à vos deux infantes dans un amour.

Que demeurera-t-il en vous de souvenir ?

Je veux que vous gardiez en tête que nous avons été l'amour de vous jusqu'au terme de nos forces.

On a tout dit, dans nos chers romans, de l'ironie de la vie de pleine vigueur, de son espèce de ricanement quand celui qui en est l'arpenteur abandonne l'ouvrage pour lui préférer cette obscurité pour toujours où rien ne lui est donné, peut-être, de l'offrande de la plénitude matérielle, de cette offrande qui répartit ses plaines, ses monts, ses mers et ses horizons où le jour croît et décroît avec la certitude de l'innocent.

Or, croyez-moi, toute la nature pressentie depuis l'œuf perdu dans le monde fait silence, ce matin, et elle prie pour Mouche et pour vous, qui n'avez pas eu cette main confiante de l'abandon dans votre main de père.

La disparition n'est rien, dans le champ matériel, elle est douce : il y a fort peu d'effort à accomplir pour demeurer, fort peu d'effort, pour un corps qui a résolu d'aller au large. La brutalité du départ est une conception que châtie l'effort général de la vie. Le départ, c'est une très petite altération du souffle, un vacillement. L'opale de la paupière n'y peut rien : l'éclat du regard est là, toujours. Et s'il n'est pas cet éclat de l'animation du dedans, il est toujours là comme le témoignage de l'animation du dehors qui persiste et dans celui qui s'en est allé et dans ce dont il est parti.

Le regard de celui qui est parti n'est pas ouvert sur ce dehors d'où nous l'observons, mais il est un regard qui veille par le dehors gagné comme une haute mer.

C'est cela qui est l'esprit, sans doute : la circulation d'un regard encore promené quand il n'est plus du dedans.

Mouche, c'est l'esprit qui étoile le regard de Mouche depuis un dehors de haute mer et pas, comme je le pressentais en enfant, depuis une nuit.

Elle est partie le matin, elle a lâché la longe tenue par la nature et dont elle voulait bien, dont tout son petit corps voulait bien, depuis une volonté qui est une flamme du dedans.

Elle a pris la route après une nuit et l'étoilement du regard lui a été concédé, comme un viatique, par une autre Mouche qui, comme toutes les choses vives, avait pris un peu d'avance dans la matière animée et qui anime ceux qui n'ont plus assez de nerf pour endurer l'encagement, pour braver le vent et le large, dans le clos enfantin de l'être.

Le regard de Mouche m'est la preuve que notre legs de vivants, c'est l'animation de la nature seconde, de la nature mûrie par le renouement de l'esprit avec l'esprit.

Notre legs, c'est l'animation par l'esprit de la maturité matérielle de la nature qui enclot nos enclos avec l'assurance généreuse de l'étendue toujours repoussée par ceux qui s'y connaissent accueillis dans une mémoire animée, un règne habité par le scintillement de ce qui est la plénitude souveraine.

Votre fille sera désormais une vie bien vivante dans la vie sans terme.

Je ne crois pas qu'il y ait d'éternité hors le monde, je ne peux pas me résoudre à le croire, parce que tout est là, tout est bien là, si nous tirons du monde, depuis l'esprit, l'expérience faite de son hospitalité à toute chose.

Il ne se peut pas que l'expérience de l'absence d'une limite matérielle, sur quoi se fonde cette éternité du dehors, cette éternité de la providence qui se replie, qui se couche pour concéder le monde, ait la mort pour contradiction car nous ne disparaissons, en somme, que pour nous replier de l'intérieur du monde, comme une flamme de l'intérieur du monde pensé, sur ses clos.

Dans le grand monde, dans le monde sans fin concevable qui ne soit de la pensée du monde, il est une force du monde qui accueille le plus faible et reçoit son rayonnement de clos comme un rayonnement du partage du monde par les vivants et les morts.

La vie passée est encore la vie mais c'est la vie conçue de soi, où le clos de l'existence cesse d'être perçu comme une borne de la vie.

Mouche est bien là, tranquille, sur le lit, et j'ai voulu, parce que c'est le geste machinal ancien, tirer, sur son regard bouillant de tout le jour de la fenêtre, le rideau de phalène de ses paupières dolentes.

Et comme j'accomplissais le rite, les paupières n'ont pas voulu, et Mouche regarde le plafond de la chambre avec l'esprit.

L'esprit, c'est celui de la matinée, c'est celui du globe des ciels et des nues de Perm et de la Russie éblouie d'Orient, c'est celui de la vitre qui contredit sans contredire, comme le globe d'un œil, l'envahissement de tous les petits objets chéris par un grand jour, c'est le plafond à quoi le rayon fait semblant de se cogner pour qu'il y ait encore des objets, des angles, des brisées.

C'est celui de tout le monde matériel, de l'entièreté matérielle toujours repoussée par l'idée et la volonté que soit un monde qui soit encore du monde parti, et qui persiste : c'est l'esprit préférable, c'est l'esprit chéri où s'est assis, dans l'esprit, l'esprit exténué du clos de l'enfant du monde.

Nous n'avons pas perdu Mouche, Shadrin : mieux, à votre semblance, à votre image, nous l'avons gagnée pour toujours puisqu'elle a passé le règne des termes et du foyer pour courir toujours et partout, dans un Uspenka qui désormais n'est rien que Mouche, qu'il soit taillé dans l'écorce, la feuillée, la terre du chemin, la pierre ouvragée, la chair du flanc du canasson de Balaam ou le bronze des choses qu'une force fait tinter, s'il n'est plus au monde aucune forme de bras et de jambes pour qu'elles tintent.

Je ne crois pas en l'église puisque je crois que l'église, en somme, c'est le monde où les esprits conjoints fraternisent et communient dans l'esprit du dehors qui est ce que nous avons de front, de regard et de pensée du cœur, dans le clos d'humain.

Dieu n'est pas partout et Dieu, ce n'est pas l'esprit : il faudrait, pour cela, que la nature ne fût plus souveraine mais qu'elle fût un attribut, une cause, une fin, une condition, l'immanence de quelque chose qui fût, en pensée en en fait, sa contradiction, fût-il son ouvrier.

Or, je ne vois pas, lorsque je regarde le petit corps couché de Mouche dans votre robe violette, autre chose que la répercussion de la plénitude peuplée d'âmes du dehors sur le clos déserté du dedans.

Je ne vois qu'une réponse de la vie à la vie, je ne vois qu'un dialogue qui se passe de souveraineté et qui est bien toute chose du monde, dès lors que le tout et les parties du monde non seulement se répondent, mais se concèdent l'une à l'autre, l'une par l'autre, de tenir l'esprit debout, cet esprit qui est le jour, rien que le jour, tout le jour, qui ne serait certes pas tout le jour, qui ne serait pas l'accomplissement du jour que je regarde et qui me regarde, s'il lui fallait un mystère !

Pas de mystère, tout est dit, tout est là, tout est l'esprit et l'animation générale et sans fin de l'esprit qui est toute chose et que l'on a trouvé, d'Orient et d'Occident, quand toutefois telle confiance murmurait ou tonnait qu'il était là, qu'il l'était, par exemple, dans le dégoût de penser une matière arrêtée par telle condition de nature !

Non, tout est là, vraiment, et le regard de votre fille morte n'est pas moins vif mort que vif : c'est le même, transposé par l'esprit dans le règne sans mètre de l'esprit.

S'il y avait un dieu, il jalouserait cette disposition de ce qui se passe de lui à généraliser l'esprit au-delà des clos et du temps.

S'il y avait un dieu, ce serait ce dieu jaloux des livres vieux qui n'est qu'un bourgeois au centuple, une rancœur trépignant devant la suprématie des faux dieux et des faux prophètes, de toutes les boutiques concurrentes d'un commerce des clos !

Tout ce qu'il y a, c'est la persistance de l'esprit dans la vie qu'il refait pour qu'il n'y ait dans la vie que de la reverdie, de la renaissance, de la dilatation de l'enclos jusqu'aux galaxies !

Nous naissons dans un foyer qui est bon, puisqu'il nous tire de naissance pour que nous naissions toujours, que le jugement soit celui de la renaissance, de l'accomplissement de la renaissance dans d'autres dimensions de l'esprit.

Je ne veux pas qu'il y ait au monde de dieu parce que j'espère et que je maudis celui qui désigne l'absence quand tout l'esprit, celui du clos et celui du dehors, m'est témoin de ce qu'il n'y a pas au monde d'absence mais des retours sur soi du monde matériel, des retours caressants et éternels du monde matériel sur soi qui ne sont pas d'outre la mort, qui ne campent pas dans des mystères de clos de l'au-delà, mais dans cette vie même, dont la mort est la promesse et l'engendrement !

Nous ne nous abreuvons pas à la parole d'un dieu mais à l'esprit de la matière qui ensoleille le regard des morts qui la retrouvent, comme l'épouse son époux.

Mouche est morte et l'hypothèse est morte avec Mouche, toute l'hypothèse.

Il n'y a rien qui soit condition de rien : tout est là, qui nous attend.

Il ne s'agit pas de croire mais de connaître, de connaître par cette observation de l'esprit qui est sa continuité dans le clos, le vent dans le vent, le souffle dans le souffle.

Ce souffle et ce vent, nous leur avons donné un nom, un nom qui les distingue d'eux-mêmes dans l'ordre supérieur de l'esprit, et c'est notre faiblesse : nous donnons aux choses des noms qui les distinguent d'eux-mêmes et c'est cela la très grande faute.

Il y a le vent, le souffle, il y a l'esprit de la matière qui n'est pas l'ordre d'un mystère, mais l'ordre spirituel de la volonté matérielle.

La matière du vent, c'est le vent, la matière du souffle, c'est le souffle : ce qui est créé est créé depuis un ouvrage de la création qui ne veut pas qu'il y ait de l'incréé et du dehors de la création.

La matière, c'est son magnificat et son amen, sa prophétie et sa promesse, c'est toute sa nouvelle !

Il n'y pas d'auteur des choses, on n'y ajoute rien, on n'y ajoutera rien, puisque c'est sans borne. Et il n'est pas jusqu'à cette lettre que je vous écris, comme Mouche est morte, qui ne me soit dictée par la persistance de l'éclat du regard de votre enfant morte.

Nos sépulcres sont des terres et des fossés où le terme passé accomplit l'ouvrage saisonnier, la floraison et l'élan étrange du sphynx, de l'enfant qui le poursuit, de la maladie qui est une puissance à venir et comme une autre forme de la floraison !

Faut-il qu'il nous soit un dieu pour que ceci, comme mes lettres, ait un auteur qui n'en soit pas, qui n'y soit pas, qui se garde d'en être comme on se garderait, parce qu'on est l'éternel, de qui est éternel ?

Nos pères ont fait des fleurs. Ils étaient des fleurs où ils étaient des sphères ; ils étaient le papillon et la course de l'enfant et cette maladie inscrite dans le devenir de l'existence qui tourmente et de l'espoir déçu.

Et quand leurs os affleurent du fossé alors qu'une pluie ôte au chapiteau de la terre sa forme de saison, c'est encore un boulevard pour le lièvre et un banc pour l'abeille.

Voilà ce que c'est que la vie, Shadrin, je crois : cet ordre sans auteur, débarrassé d'auteur comme un conte ancien, dont la faiblesse des clos réenchante la gloire.

Dans une heure, on emmènera Mouche et je ne la suivrai pas.

Que vaudrait à Mouche que je la suivisse, que vaudrait au monde cette appartenance redite, bégayée, de la chair et du sang ?

Que vaudrait à l'esprit que l'on y attachât ses petits confins domestiques, qu'on le lestât de foyer quand il veut, en somme, que lui soit reconnu l'empire qui bonde et qui réchauffe la solitude ébaubie du foyer mort et qui tourne sur soi pour rencontrer le sens ?

Que vaudrait au temps que je me prosternasse devant cette œuvre menteuse de la mort ?

Votre fille est comme nos pères, elle est désormais ce qui est tout bonnement : le jour, les fleurs, l'insecte, la saison.

J'irai me promener à Uspenka, j'y croiserai l'esprit et Mouche dans l'esprit à chaque pas et je n'aurai pas honte : je vous parlerai à tous les deux puisque vous fut donné le don de me répondre toujours, d'être la voix même de l'amen matériel qui me console de mes silences et qui m'interroge sur la justesse de mes questions, sur la mesure atteinte de mes réponses.

La nature, alors, sera ma prophétie, la nature tout entière, cette nature qui tient tout de vous quand vous tenez tout d'elle.

Voilà ce que je m'en vais être : une promeneuse immobile, une épouse et une mère qui vous rejoindra toujours dans les retrouvailles heureuses de tout.

C'est le sort, le sort ; le sort c'est le sort ; mon sort aussi, c'est le sort : je suis née pour les retrouvailles, il n'y a au monde que des retrouvailles !

Rien n'est perdu, le monde est pétri dans son offrande. La pensée m'est donnée dans l'esprit, je pense de l'esprit, j'écris ce que je pense.

J'irai voir Gushev et lui confier mes lettres du printemps.

Qu'il vous les remette et je serai contente. Nous verrons.

Juin 1921.

Shadrin, mon seul et mon grand amour, je tourne en rond depuis quelques jours dans l'appartement vide de vous.

Bien sûr, ce n'est pas un vide, ce vide : rien n'est refusé, qui soit de l'ordre de la vie.

Mais ce corps me pèse : il ne songe plus qu'à s'asseoir tant il pèse.

Je suis ma propre semelle lestée d'une crotte qui veut des fleurs, voilà tout ce que je suis : une tonne de borne qui tient de vous deux le goût et le désir que lui viennent des mousses et puis, l'heure venue, des fleurs.

Je suis la boue, je suis la pluie qui sait tout des vertus du vent qui lève et qui ne se résout plus à attendre.

Car je crois bien que c'en est assez, maintenant, d'attendre.

Juin 1921.

« Oleg Izakovitch,
Je viens porter à votre connaissance que votre épouse, Zinaïda Iakoubova Shadrina, née à Perm le 23 juillet 1893, s'est donné la mort par défenestration le 21 courant à votre domicile.
Qu'il me soit permis de vous adresser les condoléances du Parti.
Elles font suite à celles que je vous adressai le 6 juin au sujet du décès de votre fille.
Je veux ici vous dire tous mes vœux de courage et vous inviter à tirer du deuil qui vous frappe toutes les conséquences utiles, s'agissant de la défiance que vous avez manifestée à l'endroit de la ligne politique que le peuple a élue pour sienne et dont je n'ai pas eu à noter, au cours des nombreux entretiens que nous avons eus, que votre épouse, contrairement à vous, s'y opposât en quoi que ce fût.
J'ai en effet rencontré par votre truchement une communiste sincère dont toute la force et toute la pensée me sont apparues dirigées vers l'objectif supérieur de l'instauration d'une société fraternelle.
Je vous invite à une réflexion profonde sur les conséquences, pour la bonne marche de notre action commune, de doutes et d'interrogations personnels qui la conduisent inexorablement à se perdre, par

une façon de contamination, dans la solitude désespérante de l'égoïsme de la pensée et de l'acte.
C'est à cette réflexion, Monsieur le Professeur, que le Parti vous suggère de consacrer désormais vos jours. Je joins à ce courrier les lettres remises à votre intention par votre épouse : recevez mon assurance de ce qu'elles vous sont transmises sans examen de ma part.

Veuillez croire en mon respect

Piotr Andreevitch Gushev
Commissaire politique près l'Oblast de Perm
Le 22 juin 1921. »

Saint-Malo, le 16 avril 2020.

Postface

Du Chagrin ou l'être perçant

« Poser l'être comme extériorité, c'est apercevoir l'infini comme le Désir de l'infini, et par là, comprendre que la production de l'infini appelle la séparation, la production de l'arbitraire absolu du moi ou de l'origine. »

Emmanuel Levinas,
Totalité et infini

« […] je veux être une vestale d'Ignorance, je veux la révérer comme ce qui m'est refusé. »

C'est une épiphanie que nous offre Emmanuel Tugny avec son « roman russe », *Du Chagrin*. C'est, page après page, dans un long monologue adressé au corps absent, le miracle de l'être qui perce à travers une voix, une conscience, un poème.

On entendra d'abord dans *Du Chagrin* une voix qui s'étend comme un fleuve dans des lettres de plus en plus longues. Disciple sans maître, c'est seule que Shadrina creuse, poursuit sa découverte du monde doux ou de la dure société des hommes en opérant un retour sur soi depuis chaque « chose vue », expérience vécue, petite ou grande. Consciente d'offrir à l'absent chéri « ce commencement sans cesse repris de [ses] lettres », le personnage tisse une toile de Pénélope qui tient davantage du palimpseste, tant les pensées s'accumulent, s'enrichissent et se précisent au fil des mots. Le roman progresse ainsi vers l'épure, vers la clarté faite en soi d'une conscience qui refuse en regimbant les certitudes dont on veut l'enclore.

Car c'est bien à l'épiphanie d'une conscience qu'assiste le lecteur dans cette correspondance sans retour. C'est d'abord dans et par le monde sensible que Shadrina se trouve, dans un élan qu'elle qualifie elle-même ironiquement de « rousseauiste », au contact de la nature, des arbres, du « vent doux » d'Uspenka. Cette approche sensualiste ne la mène pas à la conception béate d'une fusion fantasmée, mais à l'intuition d'une incomplétude, au sentiment de n'être qu'une « partition du monde », œuf parmi les œufs, bouleau parmi les bouleaux. Le refus des fins, comme le refus des certitudes, naît de cette intuition sereine, dont l'expression est sans cesse renouvelée dans les épîtres à l'absent, qu'il existe un au-delà de tout. Et quand Thérèse Desqueyroux voit les pins des Landes comme les barreaux de sa prison, Shadrina voit les bouleaux d'Uspenka comme les rais entre lesquels perce la lumière du soleil.

Et c'est la même aspiration infinie au dépassement des termes qui fonde son idée du communisme. Cette aspiration à l'harmonie d'une société fraternelle se trouve contrainte puis abîmée par les lois impitoyables d'une société qui se veut juste. Si Shadrina ne renonce pas à l'idéal communiste, elle souffre de le voir foulé par les lourdes semelles de Makarian, étouffé par les cris de colère de Borizo, rabougri par les sentences de Gushev. Face à cet ordre barbare, l'héroïne fait de l'Ignorance son feu sacré, qu'elle couve aussi amoureusement que l'enfant Mouche, qu'elle chérit autant que le mari absent.

Du Chagrin se lit enfin comme l'apparition lente et laborieuse d'un poème, d'une forme qui lève. L'écriture d'Emmanuel Tugny semble épouser, accompagner une pensée qui elle-même épouse le cours du monde dans un poème sans cesse repris : *« Je veux qu'il y ait du poème, non parce que le poème m'évoque un monde possible penché sur le nôtre comme sur un attribut de poésie mais parce que le poème est le monde possible qui procède tout entier du nôtre, qui en procède tout entier comme une saison qui vient. »*
Et cette écriture suit son cours patient jusqu'au tarissement, jusqu'à l'épuisement de ce qui est à dire, sans s'éteindre tout à fait, comme Mouche, dont les paupières refusent de se fermer. L'ordre impitoyable des hommes en conclura ce qu'il voudra.

Ainsi, la voix de Shadrina se brise contre l'ordre social et politique d'un monde borné qui n'est pas le Monde comme le livre se brise contre l'ordre brutal des hommes. C'est un cours interrompu par les arêtes d'une certitude qui enclave l'être vrai et puissant dans les limites de l'oeuf, qui grave impitoyablement une image aux contours définis sur la forme qui n'en finissait pas de lever. Il reste *Du Chagrin*, le miracle d'une voix qui s'étend au-delà des limites du poème.

Et ce « chagrin » est alors moins à entendre comme la tristesse qui éteint un être - « Et je n'ai pas envie d'être triste. » écrit Shadrina – que comme la peau de l'homme ou le cuir du livre que continuera de percer l'être-même du personnage.

28 Avril 2020

Solenn Hallou
Agrégée de l'Université

Achevé d'imprimer en avril 2023

Directrice des publications
Pascale Privey

Assistants de publication
Catherine Delvigne, **Jeanne Richomme**,
Emmanuel Tugny

Conception graphique
Julien Vey - Atelier Belle lurette
Maxence Biemel - Studio Contrefaçon

Dépôt légal en avril 2023

Imprimé et relié par
BoD – Books on Demand,
In de Tarpen 42, Norderstedt (Allemagne)
Impression à la demande

ISBN 978-2-494506-24-4

© 2023, **Ardavena Éditions**

www.ardavena.com